KAMPF UM BRONCHIENSTEIN

Für

Frau Gertrude Schubert

Herzlichst

Umschlaggestaltung, Illustrationen und Lesezeichen
von Josef Trattner

Verlag: EDITION DOPPELPUNKT, Wien 2001
Druck: Riegelnik GmbH, Wien
ISBN: 3-85273-107-0

Werner Vogel

KAMPF UM BRONCHIENSTEIN

Satirisches aus dem Lande
der begrenzten Unmöglichkeiten

EDITION
DOPPELPUNKT

Verbraucherinformation

Bitte beachten Sie unbedingt die folgenden wichtigen Hinweise zur Anwendung von „Kampf um Bronchienstein“:

1. Das Buch ist billig. Der Durchschnittsverdiener kann sich monatlich problemlos 10 (in Worten: zehn!) Exemplare leisten, ohne eigens dafür einen Kredit aufnehmen zu müssen.

2. Das vorliegende Werk ist so konzipiert, dass es leicht in jede Handtasche und jeden Aktenkoffer passt. Platzmangel darf daher als Ausrede für mangelhafte Investitionsbereitschaft Ihrerseits nicht geltend gemacht werden.

3. „Kampf um Bronchienstein“ sollte zusammen mit einigen Schlucken Weißwein unzerkleinert verschlungen werden. Eine dosierte Einnahme mehrmals täglich ist jedoch ebenfalls ganz im Sinne des Erfinders.

4. Wenn Sie diese Zeilen lesen, dann stellen Sie damit einen einmaligen Weltrekord auf: Niemand sonst, egal ob in Europa, Afrika oder Australien, liest gerade in der jeweils aktuellen Zehntelsekunde diese Worte! Zumindest nicht in Ihrer Körperhaltung, in Ihrem Gewand und mit Ihrer Frisur! Eine Eintragung ins Guiness-Buch der Rekorde ist also jederzeit denkbar. Als Weltrekordhalter können Sie mit Ihrem Kunststück natürlich auch im Reality-TV oder bei Benefizveranstaltungen auftreten. „Kampf um Bronchienstein“ kann Ihre Berühmtheit fördern!

5. Vorsicht! Verwenden Sie nach dem Genuss das Buch keinesfalls als Schmierzettelblock! Fast alle Seiten sind bedruckt und bieten deshalb wenig Platz für Notizen. Verheizen Sie es lieber.

6. Über mögliche unerwünschte Nebenwirkungen von „Kampf um Bronchienstein“ informieren Sie bitte niemanden, sondern halten Sie gefälligst einmal in Ihrem Leben dicht!

7. Das Buch strotzt nicht, wie manche bald vermuten werden, vor schweren Rechtschreibfehlern, sondern vor Neuer Rechtschreibung! (Mit diesem Hinweis sind auch gleich alle Druckfehler entschuldigt, die es somit also gar nicht geben kann! Diesbezügliche und an-

dere Reklamationen sind ergo, wie schon in Punkt 6 festgehalten, zwecklos und werden missbilligt. Jede Art von Lob hingegen ist jederzeit und überall willkommen.)

8. Sämtliche Figuren in „Kampf um Bronchienstein“ sind frei erfunden. Ähnlichkeiten mit lebenden oder toten Personen sind rein zufällig. Sogar der Autor selbst ist sich oft nicht sicher, ob es ihn gibt.

Noch Fragen?
Keine?
Wünsche wohl zu lesen!

(Der Autor, vielleicht)

Kapitel I:

Stein und Bein

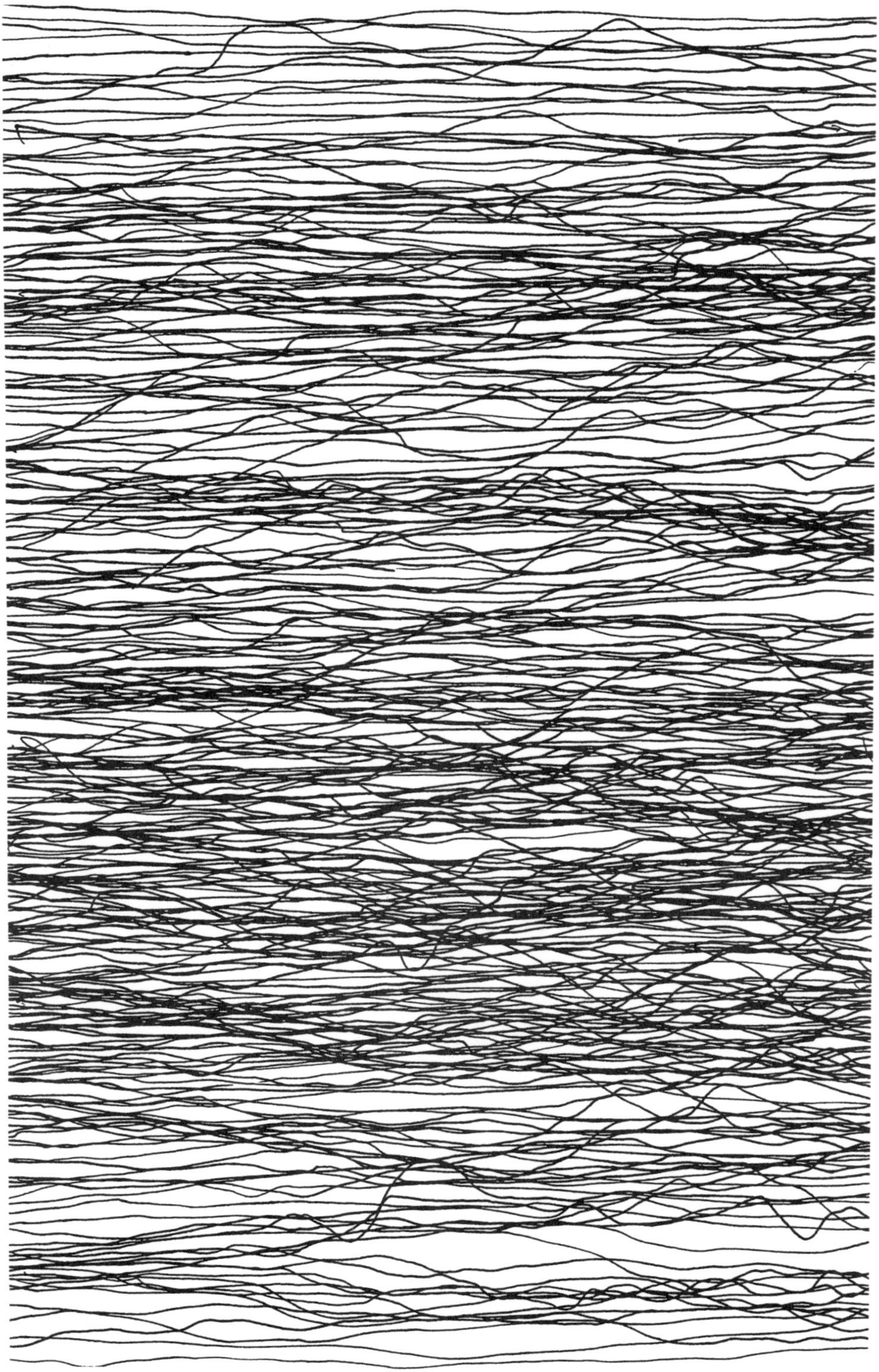

Kampf um Bronchienstein

(Eine traum– und krankhafte Asthmatikersage)

Als endlich die letzten Kanülen geschlossen und die vollsten Leibschüsseln entleert waren, man die schwerer wiegenden Atemin-suffizienzen notdürftig auf morgen verschoben und sorgfältig die Urinfläschchen vorbereitet hatte, als also kurz gesagt die Demütigung Pause machte und das flackernde Spitalslicht erloschen war, ließ ich mich erschöpft vom Tagewerk (immerhin hatte ich wieder einmal 16 Stunden lang gehustet und verdaut) in meine steinharten Zusatzkissen sinken. Beschirmt von einem Baldachin aus feuchtem Leinen, den ich über mir in der Finsternis wusste, und meinen Lieblingssprays Berodual, Pulmicort, Sultanol und Serevent, die neben mir am Nachtkästchen schon auf ihren nächsten Einsatz lauerten, lauschte ich matt dem Keuchen, Husten, Schnarchen und Stöhnen meiner acht Zimmergefährten, die sich für den nächsten Tag offenbar einiges vorgenommen hatten, und versuchte starr am Rücken liegend in irgendeinen Schlaf zu fallen.

Doch plötzlich drangen Stimmen an mein inneres Ohr. Zuerst leise, dann immer deutlicher und verwirrender wurden Parolen, ja Schlachtrufe hörbar. „Für Familie, Vaterland und Beruf!“, „Nieder mit den Halsabschneidern!“, „Gott will es!“ gellte es durch das Dunkel, das mein inneres Auge nun nicht mehr aushielt. Neugierig öffnete es sich langsam, und was es zu sehen bekam, war wahrhaft einzigartig und beeindruckend: Eine gewaltige Heerschar weißer Blutkörperchen, angeführt von den strahlendsten Recken (unter ihnen etwa die mutigen Helden Bäro Dual II., Sergeant Event und Sultan Ol, ihre gefürchteten Spraylanzen stolz gen Bauchdecke gerichtet, der elegante Conte de Pulmi oder der zwar kleine, jedoch schlaue und wendige Edelknabe Aeromuck), zog auf einer breiten Venenstraße in Richtung Burg Bronchienstein. Diese war, wie meinem inneren Ohr ein hektisch plapperndes Blutkörperchen im Vorbeihasten zuraunte, vor einigen Wochen vom bösen Fürsten Hämoglob und seinen Virenhorden erobert worden. Ganz an der Spitze des machtvollen Entsatzheeres ritten mannhaft aufrecht Graf Penicill und Fürst Cortis Sohn, seiner gewaltigen Kraft wegen schlicht und einfach „Doc“ genannt, flankiert von Ascorbinus, einem mageren Jüngling, der leider etwas unentschlossen wirkte. Sein Gesicht war fahl, Angstschweiß war zu ahnen. Gerade eben hob der Graf mit einem missmutigen Seitenblick auf Ascorbinus zu sprechen an:

„Brauchen Sie noch etwas?“, fragte er mit unbeteiligter, hoher Frauenstimme, was mich hochfahren und in das von einer Taschenlampe nur unzureichend beleuchtete Gesicht einer älteren Krankenschwester starren ließ. „Nein, danke ...“, murmelte ich verschreckt. Um diese Aussage zu bekräftigen, hustete ich pflichtbewusst. Kaum war das Licht wieder erloschen, eilte ich zurück in meinen Traum.

Doch was musste ich erkennen? Oh Schreck, ich (oder besser geschrieben: mein inneres Auge) war mitten unter die wüsten Feinde geraten, in die Festung Bronchienstein also, den einstigen Stolz der Vereinigten Lungenflügel, wo Hämoglobs Spießgesellen nun wie die Tiere hausten. Hinter einem beschmutzten und teilweise verkohlten Samtvorhang hervorlugend musste das Auge schockiert wahrnehmen, dass es in eine abstoßende, ja bizarre Orgie geraten war. Vier schmierige, schief grinsende, bis an die faulenden Zähne bewaffnete Bakterien saßen um einen runden Tisch, spielten Karten und ließen sich mit Antiantibiotika volllaufen. In der Mitte des Raumes wälzte Erektor, eine virusgewordene schmutzige Fantasie, sich mit mehreren losen Krankheitserregerinnen am Boden, und auf einer kleinen Bühne rechts strippte die ohnehin bereits nackte Hure Epithelia, indem sie, sich obszön verrenkend, eine mikroskopisch feine Hautschicht nach der anderen fallen ließ, dabei stimuliert und begleitet vom primitiven Gegröle einer vielköpfigen Schar fast schon semipermeabler Einzeller. Angewidert wandte sich mein inneres Auge ab. Es wurde jedoch von meiner inneren Stimme und von meinem inneren Ohr, die ja beide leider Gottes sonst nichts sehen konnten, entschieden bis grob dazu aufgefordert, sich gefälligst sofort wieder der traurigen Realität zu stellen, so abstoßend diese nun einmal wäre.

Über dem verkommenen Haufen thronte laut lachend und sich die feisten Schenkel vor Vergnügen fast zerschlagend der vielarmige Hämoglob, selbst einst ein strahlender Held, der jedoch, was offenbar jeder in diesem Traum wusste, nach einer Verfehlung, die er in einem anderen Traum begangen hatte, von den Göttern seiner Schönheit beraubt und in die Zonen von Abschaum, Pestilenz und niederem Sekret verbannt worden war. Dort herrschte er nun als grausamer, unberechenbarer Diktator. Und gerade gab er wieder eine Kostprobe seiner gefürchteten Unberechenbarkeit, indem er urplötzlich aufhörte zu lachen, sein entstelltes Antlitz verzog und mit entsetzlicher Stimme brüllte: „Ruhe, ihr Idioten!" Einen allzu euphorischen Einzeller, der den Befehl im Rausche der Erotik nicht mitbekommen hatte, zerquetschte er ohne zu zögern mit einem gezielt geworfenen Stück eines Nierensteins, den er für solche Zwecke und als Symbol seiner Macht immer in einer seiner rechten Hände trug. Sofort war es mucksmäuschenstill im Saal. Hämoglob erhob sich, schleppte seinen deformierten Körper einige taumelnde Schritte weiter und blieb dann gedankenverloren wieder stehen. Plötzlich erhellte sich seine durchfurchte Miene und er begann zu kichern wie ein herumalberndes Kleinkind. Sofort kicherte auch Hämoglobs langjähriger, unterwürfigster Vasall und Hofnarr Fiebro, der sich wie immer zwei Schritte hinter seinem Herrn aufgehalten hatte, leise. Auch alle anderen setzten nun vorsichtig mit ein. Da zuckte völlig unerwartet Hämoglobs Faust hoch und traf Fiebro so fürchterlich im Gesicht, dass dieser auf der Stelle tot zu Boden sank. Mit ruhiger Stimme, jedoch völlig außer Kontrolle geratener Gesichtsmuskulatur dozierte Hämoglob in die Stille des Entsetzens, die nach dem brutalen Mord entstanden war: „Ich sagte doch eindeutig und zweifelsohne ‚Ruhe' oder?" Lächelnd blickte er in die erstarrte Runde, dann auf Fiebros Leiche. Nach einer Weile murmelte er gelangweilt weiterzuckend: „Na gut, vergessen wir das. Man hole mir jetzt endlich die süße Königstochter Insulinia. Es ist die Nacht gekommen, in der ich sie zur Gemahlin nehmen werde ..."

Ich fuhr diesmal hoch, weil sich kalter Stahl (oder war es bloß eine kalte Hand?) in meine Achselhöhle bohrte. „Sie haben ja gar kein Fieber mehr, was ist denn los mit Ihnen? In der Nacht hatten Sie doch immer zumindest 39 Grad!“, warf mir der beleuchtete Mund der Krankenschwester vor. „Kein Wunder!“, zischte ich ungeduldig und drehte mich zur Seite. Was war nun mit Insulinia? War sie noch zu retten?

Schon stand die holde Maid, deren Vater Pankreaz der Gütige von Hämoglob bereits vor etlichen Träumen hinterhältig gemeuchelt worden war, an einen Pfahl gefesselt und nur notdürftigst bekleidet in der Saalmitte. Schon johlten die Primitivstlebewesen Beifall, als ihr Gebieter Hämoglob zuerst seine lüsternen Blicke und dann seine stets frisch besudelten Tentakelarme über ihren sich vor Angst, Scham und Ekel windenden und ganz offensichtlich makellosen Körper streichen ließ. Die knarrende Stimme der alten Hexe Sklerosa, deren bösen Rat selbst Hämoglob meist rasch befolgte, peitschte durch den Raum: „Jetzt nimm sie dir, Cäsar, hier und jetzt, vor uns allen!“ Mein inneres Ohr errötete vor Zorn und Hilflosigkeit! Und es kam noch schlimmer. „Alarm, ein Spion von oben!“, kreischte im nächsten Augenblick ein Einzeller hysterisch. Nun war also auch noch mein inneres Auge hinter dem Vorhang entdeckt worden! „Greift euch das Auge, los!“, jubelte Hämoglob folgerichtig. Wie mein Auge in diesem kritischen Moment aussah, konnte ich freilich nicht erkennen, weil kein Spiegel in der Nähe war.

Doch da, schon gab es neue Hoffnung! Die Tore des Saales wurden von außen gesprengt und die strahlende Streitmacht Graf Penicills drang mit dem donnernden Schlachtruf: „Den Viren an die Nieren!“ auf die völlig verdutzte Horde ein. Und gnadenlos wüteten die glänzenden Helden jetzt unter den überrumpelten Schädlingen, die in ihrer sexuellen Raserei sogar darauf vergessen hatten, irgendwelche Wachposten vor Burg Bronchienstein aufzustellen. Sultan Ols Spraywaffe metzelte nieder, was sich ihr in den Weg stellte, Graf Penicill ließ seinem goldenen Schwert, das selbstverständlich die Form einer Injektionsspritze aufwies, reiche Beute zukommen, ja selbst Ascorbinus drosch, wenn auch etwas zaghaft, auf die verwirrten Viren ein. Doch noch war die Schlacht nicht gewonnen, denn, ach, gar schrecklich war Hämoglobs Geheimwaffe! Aus einem verborgenen

Gang ließ er mit blitzschneller Bewegung die Schleimschlange Sputuma frei, die sofort und wahllos verschlang, was sie erreichen konnte, ob Freund, ob Feind. Elend starb, wer nicht floh! Sklerosa entschwebte grinsend auf einem Besen, Bäro Dual II. hingegen erstickte röchelnd. Aeromuck wollte hinter den Vorhang flüchten, von wo ihn jedoch leider mein vor Angst bibberndes inneres Auge mit einem scharfen Blick vertreiben musste, wodurch auch er dem Untergang (im wahrsten Sinne des Wortes) geweiht war. Ascorbinus, der abstoßende Feigling, hatte sich schon lange vor Sputumas Erscheinen durch einen Sprung aus dem Erkerfenster dieses Lungenflügels in Sicherheit gebracht. Ein Recke nach dem anderen musste sein Leben aushauchen, einzig Hämoglob selbst, der glucksend auf seinem Thron stand, blieb von dem Ungeheuer verschont. Insulinia hing schluchzend an ihrem Marterpfahl und erwartete ihr Ende. Der Kampfeslärm ebbte nach und nach ab, das Röcheln der Erstickenden füllte die Halle.

„Wo bleibt de Infusionsfloschn fürn Herrn Wotrubil jetzta, Schwesta? Oda soin ma eam sei Medizin ois Tröpfalbod auf sei Glotzn foin lossn?“, schimpfte ein erzürnter Arzt bei Bett 3 soeben durch das plötzlich hell erleuchtete Krankenzimmer. „Ruhe und Licht aus!“, schrie ich erbost im Sitzen. „Des is' jo wie bei ana Gehirnwäsche vom Mao Tse-Tung ... hier wird schließlich ernsthaft gekämpft ...“, setzte ich dann quasi entschuldigend hinzu. (Meine spätere Hoffnung, möglicherweise hätte doch nur meine innere Stimme diese Äußerung getan, stellte sich übrigens auf Nachfrage als trügerisch heraus!) Arzt und Schwester waren so überrascht, dass sie mir nicht widersprachen, wortlos das Licht löschten und nur noch leise schimpfend im Halbdunkel den armen Herrn Wotrubil pflegten. Mir war das egal. Zurück, nur schnell zurück!

Der ehemalige Prunksaal der Burg brannte lichterloh. „Spute dich, Sputilein, hol' dir jetzt auch noch die Schlampe!“, hallte Hämoglobs Stimme gespenstisch durch die Flammen und den Rauch. Und wirklich, Sputuma wälzte sich bereits bedrohlich in Richtung der gefesselten Prinzessin Insulinia. Aber in diesem gefährlichen Augenblick galoppierte endlich Cortis Sohn „Doc“ auf einem wilden weißen Hengst, der aus der letzten Springreitstunde meiner Frau in diesen Traum geraten sein musste, in die Szene. Auge, Ohr und Stimme hofften im Chor inständig, er würde besser reiten als diese und also im Sattel bleiben. Tatsächlich, er konnte besser reiten, übersprang sturzfrei brennende Bänke, kämpfte sich vorwärts durch das Chaos, befreite Insulinia sozusagen im Vorüberreiten und riss sie unverletzt mit auf die Flucht. „Ihnen nach, ihr elenden Versager, oder ich zeige euch, was wahre Qualen sind ...“, röchelte entsetzt Hämoglob, dessen Gesichtsausdruck zu beschreiben unnötig scheint, da dieser ja (wie bereits mehrfach angedeutet) den Namen „Fratze“ ohnehin immer verdiente. Aus allen noch nicht überschwemmten Winkeln krochen nun verängstigte Vasallen Hämoglobs und machten sich teils hinkend und keuchend, teils voller Tatendrang und vor befohlenem Zorn sabbernd auf die Verfolgung des wunderschönen Paares. Mein inneres Auge entschloss sich, alles aus einer Art Hubschrauberperspektive, also von oben, zu übertragen, wodurch von nun an recht interessante Bilder entstanden. Nur die Tonqualität war nicht berauschend, sondern nur rauschend, da in Folge der großen Aufregung das mitfliegende Ohr durch zu starken Blutdruck gehandicapt war.

Weil die Störung ganz in meinem Bereich lag, wachte ich kopfschüttelnd auf, gab mir eine schallende Ohrfeige, bemerkte leichte Zahnschmerzen und wollte retour ... doch es ging nicht! Verzweifelt zählte ich Schafe, aber erst, als ich eine Herde von 374 Tieren beisammen hatte, konnte ich (von diesen vor sich her getrieben und gestoßen) in die Handlung zurückfinden.

Was mittlerweile geschehen war, war unglaublich! Und zwar unglaublich beängstigend! „Doc“ und Insulinia waren noch nicht gefasst worden, doch hatte sie die Meute der Verfolger direkt in das Reich des ekelhaften Fürsten der Finsternis Paradontos, in die Furcht erregende, stets glitschige Mundhöhle getrieben. Meine Schafe blieben vor Angst blökend am Höhleneingang zurück, und auch ich ließ mich drinnen lieber wieder von meinen inneren Organen vertreten.

In welcher Not waren Cortis Sohn und Insulinia! Verzweifelt hasteten sie, des Gaules längst verlustig gegangen, zu Fuß und immer wieder von überraschendem Zahnsteinschlag gefährdet durch die zugige, verwinkelte und um diese Nachtzeit mit hoher Wahrscheinlichkeit übel riechende Grotte. (Letzteres blieb eine Vermutung, denn eine innere Nase würde ja doch wohl zu weit führen, oder?) Knapp hinter ihnen war deutlich das blutgierige Hecheln der Häscher zu hören und deren mörderisches Geschrei. Als die Verfolgten an den Rand eines tiefen Abgrundes gelangten, erklang aus diesem überraschend von weit her ein Ruf, der wohl vom Herzen kommen musste: „Ist jetzt bald einmal Schluss mit dem Wickel da oben? Oder soll ich euch erst demonstrieren, wie das ist, wenn jemand endgültig seine Klappe hält ?!“ „In diesem Traum ist ja wirklich alles möglich!“, stellte meine innere Stimme, das Geschehen originell kommentierend, fest.

Der eigenartige Einwurf des Herzens hatte unsere beiden Helden auch nicht wirklich weiter gebracht. „Doc“ zog Insulinia mit sich, und über einen schmalen Pfad am Rande der Finsternis gelangten sie direkt in den einst prachtvollen Thronsaal des Paradontos, der nun völlig verfallen und verludert war. Trotzdem hingen hier nach wie vor einige recht eindrucksvoll glänzende Gebilde von der Decke oder ragten kühn und gerade in schwindelnde Höhe. Auf einem stehenden, etwas niedrigeren Monument saß böse grinsend der gelbgraue Paradontos mit einer Platinkrone auf dem Haupt, umringt von seiner Karieseskorte. „Mein Gott, nur jetzt nicht wieder aufwachen, es ist ja so spannend!“, hauchte erregt die innere Stimme dem inneren Ohr in selbiges, und schon war es geschehen.

„Blutzucker 126, Herr Hiller!“ „Danke schön, werd' ich gleich notieren ...“ Meine bösen Blicke wurden von Hiller und der Krankenschwester umgehend retourniert.

Und natürlich hatte ich gerade das Beste versäumt! Wie die innere Stimme kurz referierend zusammenfasste, hatte Cortis Sohn dem Paradontos buchstäblich in allerletzter Sekunde dessen Wunderkrone entrissen, die selbstverständlich Zauberkräfte besaß. Alles Weitere sei dann ein Kinderspiel gewesen. Weil nun ohnehin die Sache gelaufen war, übertrug Auge das übrige Geschehen nur noch schwarzweiß und im Zeitraffertempo, Ohr und Stimme schalteten sich überhaupt ganz aus. Auf einem neuen Hengst zappelten also Cortis Sohn und Insulinia quer durch die auseinander hüpfende Schafherde wie in einem Buster-Keaton-Klassiker zurück nach Bronchienstein, die zusammenklappende und alle Feinde in sich begrabende Mundhöhle flott hinter sich lassend. Das Ross bremste sich vor dem offenen Burgtor förmlich ein, schüttelte das schöne Paar quasi ab. „Doc“ winkte mit einer lächerlich fächelnden Bewegung in Richtung inneres Auge, präsentierte dümmlich posierend die Zauberkrone, verpasste Insulinia einen kindischen Schmatz und trippelte dann mit ihr zusammen die Treppe hinauf in den nur noch schwach dampfenden, verkohlten Burgsaal, wo er den jämmerlich in sich zusammengesunkenen Feinden Hämoglob und Sputuma mit ruckartigen und ansatzlosen Keulenschlägen aufs Haupt den Garaus machte. Dann umarmten einander die Prinzessin und der Held theatralisch, tänzelten Händchen haltend die Stufen wieder hinab, besprangen erneut das Zappelpferd und galoppierten in Richtung Sonnenauf- oder -untergang, was nicht mehr so klar war, weil sich an dieser Stelle nun auch das übermüdete innere Auge zur wohlverdienten Ruhe begab. Also wurde der weiße Hengst mit Insulinia und Cortis Sohn am Rücken immer undeutlicher und verwandelte sich schließlich ganz in ein graues Frühstückswagerl mit Semmelbergen darauf und einer riesigen Tasse dampfenden Tees.

„’n Morgen!“ „Morg’n!“ „Moagn!“ „G’t’n Morga!“ ...

Als ich in die etwas zu knackig geratene Semmel biss, spürte ich sofort das Fehlen einer Krone. Sonst jedoch fühlte ich mich gut wie schon lange nicht mehr. Ein alter Freund, von Beruf selbst Arzt, dem ich den ganzen Traum später einmal erzählte, gab mir den wohlgemeinten Ratschlag, das alles ja nicht aufzuschreiben, da die Geschichte medizinisch gesehen natürlich blanker Unsinn sei und tiefenpsychologisch nicht sehr interessant. Dennoch brachte ich meinen Traum, wie Sie, werter Leser und werte Leserin, sicher bereits bemerkt haben, zu Papier, um all die Helden und Dämonen nicht in Vergessenheit geraten zu lassen und wohl auch deshalb, weil mir in den nächsten Wochen wirklich viel Zeit dafür blieb.

Bei der dem Frühstück folgenden Visite durch den obersten aller Chefärzte machte ich in meinem damaligen Hochgefühl nämlich den folgenschweren Fehler, öffentlich zu verkünden, ich sei gesund, wie durch ein Wunder geheilt. Das veranlasste den Professor dazu, mich zu belehren, es gäbe in der Medizin keine Wunder, und wann ich geheilt sei, entscheide im Übrigen doch wohl nur er. Um mir diese Äußerungen zu beweisen, hielt er mich noch weitere fünf Wochen auf verschiedensten seiner Stationen fest, wo ich tatsächlich davon überzeugt wurde, dass es mir noch nicht wesentlich besser ginge. Danach wurde ich schließlich als nach allen Regeln der Kunst jetzt endgültig Geheilter entlassen und hatte dann Gelegenheit, in den folgenden drei Monaten meine 17 Zahnarzttermine wahrzunehmen, ehe ich wieder mit deutlichen Symptomen chronischen Bronchialasthmas ins Spital eingeliefert wurde.

Apropos chronisch ... ob Cortis Sohn die rettende Krone wohl noch besitzt? Wie hat sich in der Zwischenzeit Ascorbinus entwickelt, der jämmerliche Feigling? Und wie geht es Insulinia in ihrer Ehe? Wurde überhaupt geheiratet? Ob die schreckliche Hexe Sklerosa wiederkehrt oder neue Feinde schon vor Bronchienstein lauern?

Wir werden sehen!

Gute Nacht!

Sportgedicht I:

Ein wohlgereimter Ratschlag an alle

Vergesst diesen ganzen Schwachsinn
über Liebe, Hoffnung und Geist!
Zerbrecht eure Beine im Tiefschnee,
wollt ihr wissen, was Schmerzhaben heißt!

Sportgedicht II:

Über die höheren Ziele

Ein Hochalpinist am Wildfeitsch-Grimmel,
der wollte den Gipfel noch übersteigen.
Er hatte Erfolg, kam bis in den Himmel!
(Ähnliches muss uns ein andrer erst zeigen!)

Sportgedicht III:

Gedanken zum menschlichen Streben

Der Minigolfer steht gebückt.
Trifft er das Loch, ist er verzückt.
Trifft er es nicht, ist er verzagt.
Oft seltsam, was den Menschen plagt!

Sportgedicht IV:

Die Wahrheit ist dem Menschen unzumutbar

Im Tennis jeder Dilettant
fühlt Magisches in seiner Hand.
Den „Ball der Weisen“ wähnt bei sich er
trotz all des Publikums Gekicher.
So ist ihm jeder Schlag Erlebnis,
straft ihn auch Lügen das Ergebnis.

47 Sekunden im Leben eines Helden

Der Held schwitzt so stark wie lange nicht mehr. Nach genauer Überprüfung der Lage des Lederballes dreht er sich um und geht einige Schritte zurück. Verkehrt zum Tor stehend verharrt er bis zum Pfiff des Schiedsrichters. Die Menge tobt, der Held schwitzt, sein Herz rast. Dann der Pfiff! Der Held dreht sich um, setzt sich in Bewegung, sprintet los in Richtung Elfmeterpunkt und Lederball. Den gegnerischen Tormann würdigt er dabei keines Blickes.

Nun ist es so weit. Der schwarze Schuh des Helden drischt gegen die Kugel, die dadurch aus ihrer Ruhe gerissen wird und wie ein aufgescheuchter Vogel losfliegt. Dies tut auch der Torwart. Seine Flugbahn überschneidet sich jedoch auf Grund größerer Standprobleme seines linken Beines beim Absprung nicht mit der des Balles. Die Kugel zappelt verwirrt im Netz, der unglückliche Tormann am Boden. Er ist heute kein Held geworden. Diese Tatsache umschreibt er im Morast des Strafraumes wühlend lauthals mit anderen Worten.

Die Menge tobt wie erwartet intensiver. Der Held kniet scheinbar betend am Boden. Nach dem Dank an seinen Schöpfer rast er verfolgt von einigen anderen Helden im gleichen Gewand eine Ehrenrunde. Er schwitzt kaum mehr, trotz der Raserei, die auch vom sonst so strengen Trainer gebilligt wird. Er weiß: Sein Körper ist durchtrainiert, er hat jetzt seinen Stammplatz im Team, er ist und bleibt ein Held, ganz sicher, zumindest für die nächsten drei Minuten! Es ist vollbracht!

Mit sich selbst, dem Stadion, der Auslosung, den Bodenverhältnissen und der Stellung der Fernsehkameras zufrieden, schlendert er nach der Ekstase doch etwas atemlos vom Jubel zurück in seine Spielhälfte und schnäuzt sich, glücklich grinsend, russisch.

Die Zehn e-mails

Ich bin das Internet, dein Gott.

1. Du sollst keine anderen Götter neben mir haben!
2. Du sollst deinen Namen beim Chatten verschweigen!
3. Gedenke, dass du den Sabbat vor dem PC verbringst!
4. Du sollst Vater und Mutter nicht hören!
5. Du sollst Moorhühner töten!
6. Du sollst nicht ohne Videomitschnitt ehebrechen!
7. Du sollst live stehlen!
8. Du sollst kein falsches Zeugnis geben wider deinen Provider!
9. Du sollst online begehren deines Nächsten Frau!
10. Du sollst in mir versteigern deines Nächsten Hab und Gut!

Befolge diese meine e-mails und entsinne dich dabei der Worte:
Wer von euch ohne Stein ist, der werfe den ersten Schlamm!

Kapitelende-Rap

(Eine Hommage ans „Apropos" am Rudolfsplatz)

„Hey, du,

hübschere der Tanten,
ich habe nicht verstanden,
was du meinst, wenn du sagst,
dass du weinst, wenn du jagst,
dass du reimst, wenn du klagst,
ob du schleimst, wenn du nagst,
was du treibst, wen du fragst,
ob du Heinz und Alex magst,
ob du leimst, was du trägst,
wie du pfeifst, wenn du fegst,
ob du greifst oder schlägst,
dich versteifst, falls du lügst,
du dich schleichst, niemand rügst
und begreifst, dass du pflügst,
damit leicht etwas wächst,
weil du reifst überlegst,
was du schleifst und zerlegst
oder kleinstens zersägst,
ob mit Geist du erregst,
was du live tust zunächst,
ob du keifst, wenn du klebst,
wann du meist schlafen gehst,
aber tu das mit mir,
Baby, hey, rat ich dir!

Komm her,
woman, yeah, yeah!
Und Chris, no zwa Spritzer!"

Kapitel II:

Land und Leute

Meine Heimat

Ich bin in Wien geboren, dem Herzen Österreichs, das wiederum das Herz Europas ist, jenes Europas, welches durch sein Jahrhunderte langes Übergewicht nun eigentlich Gefahr laufen müsste, an einem Herzinfarkt zu sterben. Dies geschieht aber nicht, so lange es über ein zentrales Organ verfügt, das so funktioniert wie Österreich! Dieses Herz arbeitet langsam, aber beharrlich. Es arbeitet daran, dass nichts passiert. Und wie erfolgreich! Es passiert wirklich nie etwas. Nichts Gutes auch, sicherlich, aber eben auch nichts Schlechtes. Unser Land ist und bleibt das Land der begrenzten Unmöglichkeiten. Bei uns daheim gibt's keine Spompanadeln, werden keine Extrawürscht' g'macht, gibt es daher auch keine Revolutionen. Veränderungen gehen hier immer sanft vor sich und viel, viel langsamer als anderswo, so langsam, dass selbst die Evolution dagegen wirkt wie ein urplötzlicher, hinterlistiger Überfall der Natur auf sich selbst. Und wenn sich doch einmal etwas durchsetzt, sagen wir völlig neutral: etwas Neues, dann ist es bei uns schon nach einem Tag so, als wäre es immer so gewesen. Wir können aus nichts Tradition erzeugen, wir brauchen dazu nicht einmal Zeit, geschweige denn Leistung, Kompetenz, Stil oder sonstige Banalitäten. Und Tradition fehlt doch heute überall.

Bei uns, hier im Herzen Europas, nein, eigentlich im Nabel der Welt, zählt Talent nichts, Fleiß dafür aber gar nichts. Gefördert werden Leute ohne Talent und ohne Fleiß. Wie fair! Gebt denen, die nichts haben ... ein biblischer Gedanke wird mit spielerischer Leichtigkeit umgesetzt! Wir Wiener haben damit keine Probleme. Wir gönnen sowieso keinem etwas und beneiden niemanden.

Effizienz ist ja, wie uns unsere Geschichte beweist, völlig unnötig, sogar unerwünscht. Wir sind die letzten echten Kommunisten, wissen das jedoch nicht und haben den Kommunismus daher immer schon gehasst. Sämtliche anderen Ideologien und Parteien aber auch! Werden wir alle paar Jahre zur Wahl der Qual gebeten, erledigen wir diese lächelnd oder gar nicht. Schließlich haben wir unsere festen Überzeugungen, die wir tolerant, wie wir nun einmal sind, nach wenigen Minuten wieder ändern können, dürfen, ja sogar müssen. Sonst wären wir keine echten Österreicher – und das soll uns keiner nachsagen! Unsere Vergangenheit war immer glanzvoll, unsere Zukunft auch, nur die jeweilige Gegenwart lässt leider Gottes stets zu wünschen übrig.

Wir sind eingefleischte Individualisten, jeder ist sich selbst ein Vaterland, eine Mutterstadt. Patrioten sind wir also ohne Land und ohne Nation. Politische Morde sind in einem solchen Klima eher unüblich. Wird einmal pro Jahrhundert von einem, der nicht von da ist, doch ein solcher begangen, sind wir erstaunt und so böse, dass wir zur Strafe Weltkriege beginnen und verlieren, selbst wenn wir das Opfer gar nicht gemocht haben. Das sind wir uns dann einfach schuldig! Verführbar sind wir, leicht sogar, aber niemals endgültig. So wie Russland nicht erobert werden kann, kann ein Österreicher nicht von Grund auf manipuliert werden, immer nur vorläufig. Nach der Katastrophe hat er es eh immer schon gewusst, zumindest wenn er ein echter Österreicher ist.

Wien ist der einzige gelungene Versuch eines Kompromisses zwischen Fegefeuer und Paradies im Diesseits, ein zu Stein erstarrter gemeinsamer Heurigenbesuch des Erzengels Gabriel und Luzifers mit der üblichen abschließenden Verbrüderung. Diese Stadt ist und bleibt der leider etwas ungewaschene Nabel der Welt, unser Land Österreich das Herz Europas, das nicht schlägt, sondern immer geschlagen wird und dabei siegt. Ich bin hier geboren, habe hier Prüfungen bestanden und Zahnweh gehabt, habe hier geliebt und gelebt, immer abwechselnd. Manche sagen, sie möchten auswandern, nach Australien etwa, nach Kanada oder nach Bochum (zugegeben, das sagen recht wenige). Ich sage das nicht. Auswandern wäre sinnlos, wo wir doch alles hier haben: Australien, Kanada und Bochum. Mir, ich muss es gestehen, mir gefallen die oben beschriebenen Zustände, zumindest besser als ihr Gegenteil. Meine Heimat bin ich, also Österreich; ich werde immer hier bleiben.

Taubstummengasse

(Eine schrecklich prosaische Szene aus dem Wiener Untergrund)

Aus den dunklen Tiefen des U-Bahn-Schachtes, von dort, wo die Schienen darauf warten ihres Amtes zu walten, ertönt am 23. November 2001 um genau 18 Uhr 15 eine männliche Stimme, die in ruhigem, bescheidenem Tonfall folgende Bitte vorbringt: „Verzeihung, könnte vielleicht jemand der anwesenden Damen und Herren mir behilflich sein?“

Eine kleine Gruppe Wartender versammelt sich daraufhin zögernd am hinteren Rand der gelben Sicherheitslinie. Einige murmeln einiges, einige nichts. Blickkontakte untereinander werden tunlichst vermieden. Ein über und über korrekt gekleideter Herr ergreift die Initiative und mit der rechten Hand seinen Hut, damit dieser beim folgenden gewagten Manöver nicht den Kontakt zur Glatze verliert. Der Herr stützt seine linke Hand in die leicht bespeckte Hüfte, beugt seinen Oberkörper nach vorne und starrt sekundenlang angestrengt in die Finsternis hinab. Dann richtet er sich kopf- und somit auch hutschüttelnd wieder kerzengerade auf, diagnostiziert: „Nichts zu erkennen da unten!“ – und es klingt unwiderruflich. Erleichterung macht sich explosionsartig breit. Gerade als sich die Gruppe rasch wieder in ihre Einzelteile auflösen will, erhebt sich jedoch erneut die Stimme aus dem Schacht: „Sie müssen wissen, ich bin vorhin gestolpert und hinabgestürzt, sehr ungeschickt, war wohl bewusstlos. Ich habe mir den Fuß gebrochen, glaube ich. Die Schmerzen sind nicht schlimm, aber ich kann ohne Hilfe nicht mehr hochklettern. Wenn also, wie gesagt, vielleicht jemand die Güte hätte ... ?“

Ein junger Mann reagiert nach dieser überraschenden Mitteilung am schnellsten. Seinen Walkman, den er zu Beginn der Unruhe vorsichtshalber von den Ohren abgekoppelt hat, in der Luft schwenkend, jubelt er spontan empört: „Echt Wahnsinn, funky! Da ist so ein Freak nach unten gekippt und keiner tut was! Voll hipp, ich glaub’, mich holt der Blues ...“ Mit diesen Worten läuft er in Richtung Ausgang. „Wohin?“, ruft der Korrekte ihm nach. Aus der Ferne ist nur noch undeutlich seine Antwort zu vernehmen: „Hey, man, einer muss ja wohl die Presse holen! Geschnallt?“ Und weg ist er.

Eine magere, grau gekleidete Dame, die sich unaufgefordert und unüberhörbar als Historikerin vorstellt, vertritt hierauf die Ansicht, dass der junge Mann ganz Recht habe, die Öffentlichkeit müsse von einem derartigen Vorfall schnellstens informiert werden, schon um selbst nie in eine solche Lage zu geraten. Die Öffentlichkeit murmelt zustimmend. Dadurch bestärkt setzt die Historikerin ihre Äußerung fort, erinnert mit erhobenem Zeigefinger an die fatale Jahreszahl 1767, mit der niemand der Zuhörer etwas in Verbindung bringen kann. Alle nicken also. Drohend ruft die Gelehrte hierauf die Worte „Edwin Chippendale der Jüngere und sein tragisches Dilemma“ ins Leben, wo auch sie auf allgemeine Verständnislosigkeit prallen und dadurch neuerliches Nicken erzeugen.

Die Stimme aus dem Schacht räumt ein: „Völlig richtig, Frau Doktor, die Parallelen zu 1767 sind verblüffend. Was mich betrifft, so möchte ich auch keinesfalls drängen oder gar die Diskussion stören, aber ich fürchte, es wird bald ein Zug in diese Station einfahren.“ „Das ist durchaus richtig“, bestätigt der Hut des Korrekten, unter dem ein ausdrucksloses Gesicht eine ebensolche Armbanduhr mustert, „ ... und zwar laut Fahrplan in genau sieben Minuten und 32 Sekunden!“ Ein anderer Herr in dunklem Anzug und mit dicken Brillen auf der Nase tritt nun etwas vor und fragt unter sich rhythmisch wiederholenden Zuckungen der rechten Schultergegend: „Nun, haben wir etwa Angst?“ „Ich für meinen Teil schon!“, erwidert die Stimme etwas lauter. Der Herr zuckt weiter und wiegt dazu beruhigend den Kopf: „Als Psychologe rate ich Ihnen: Machen Sie sich Ihre Ängste bewusst, gestehen Sie sie restlos ein!“ Die Stimme wird nun noch lauter: „Aber ich gestehe sie ja ein, hier und jetzt, restlos, ohne Vorbehalte, voll und ganz!“ Der Psychologe atmet und zuckt zufrieden auf: „Gut, das ist immerhin ein erster Schritt! Ein zweiter wird es sein, die eigentlichen Gründe der Angst aufzudecken. Meiner Diagnose nach ist es doch so: Wir sind gar nicht zufällig gestolpert, nein, wir *wollten* stolpern! Wir fürchten daher im Grunde nicht den tatsächlichen Zug, sondern nur den Zug als Symbol einer negativ dominanten Bezugsperson! Sehen Sie, verstehen Sie: Be-*zugs*-person! Das ist kein Zugs... äh ... Zufall!“ Die Stimme klingt nun bereits etwas verzweifelt: „Das führt doch im Moment vielleicht etwas zu weit, Herr Doktor! Wir können die Therapie ja später fortsetzen. Ich verspreche sogar, das zu tun! Ad hoc möchte ich Sie jedoch bitten, mir vorerst kurzfristig durch einfache Handreichung aus der Klemme zu helfen!“ Der Psychologe lächelt mitleidig: „Wie ich Ihnen *aus der Klemme helfe*, wie Sie das laienhaft und hyperlibidinös formulieren, müssen Sie wohl mir überlassen. Kurzfristige, quasi sofortige Hilfe brächte zweifellos vor allem der Abbau Angst fördernder Aggressionen, etwa durch lautes Schreien. Schreien Sie doch einmal laut, zum Beispiel ... um Hilfe!“ Die Stimme tut dies. Der behandelnde Psychologe putzt währenddessen seine Brille. Dann fragt er interessiert: „Und, fühlen wir uns besser?“ „Nicht unbedingt!“, gibt die Stimme weinerlich zurück. Der Psychologe wendet sich ab. Seine Schulter zuckt nicht mehr, sondern verharrt in hochgezogener Position. Er putzt erneut seine Augengläser, schüttelt den Kopf, fühlt sich unverstanden. Er ist beleidigt. „Das ist wieder einmal archetypisch. Wenn Sie sich nicht helfen lassen wollen ... auch gut! Wir lassen uns keine Schuldkomplexe anzüchten, wir nicht. Wir haben schließlich niemanden hinabgestoßen ...“, könnte man in seiner Nähe verstehen, wenn man sich darum bemühte. Doch das tut keiner.

Ein offensichtlich Betrunkener in schäbiger Kleidung torkelt nun von seinem Sitzplatz, auf dem er bis vor kurzem geschlafen hat, vor zur gelben Sicherheitslinie, kniet auf ihr nieder und lallt in die Finsternis: „Oida, host an Tschik fia mi?“ „Freilich, lieber Mann, reichen Sie mir nur Ihre Hand, ziehen Sie mich hoch. Sie bekommen eine ganze Stange Zigaretten von mir!“, jubelt die Stimme. „Ha!“ Der nach wie vor gekränkte Psychologe springt ungelenk hinzu und wirft ein: „So nicht, Sie da unten, so nicht! Unschuldige gefährden, instabile Charaktere mit kleinen Suchtgift-Geschenken ködern, über das Risiko hinwegtäuschen, das doch immerhin nie ganz auszuschließen ist! Nein, das werden wir nicht zulassen, davon werden wir doch die Behörden benachrichtigen müssen!“ Der vor ihm kniende Sandler lenkt ein: „Scho guad, Masta! Rauchn is schädlich, i waß jo eh ... oba debil und a Karaktäre bin i deshoib no long ned. Waßt jo eh, Dokta, mia brauchn kane Behöadna ned, nua ka Panik! Mia regln des ois unta sich, Hea Intscheniöa, logo! I wü eam *(er zeigt nach unten)* eh ned zwinga zum Rauchn oda zum Aufikumma. Und scho goa ned hinwegtauschnen wü i eam, weu sowos moch i ned! Wauns eam daukt do untn, soi a ruig bleim. Mia san a freies Lond, mia is des Blunzn!“ Er kriecht erschöpft von seiner Ansprache zu seiner Bank zurück. Eine alte, etwas verwirrte Dame beobachtet ihn dabei kopfschüttelnd und meint: „Betrunken war er also, am helllichten Tag betrunken! Immer dieses verdammte Trinken! Wir kümmern uns ja auch viel zu wenig umeinander.“ Während sie auf den schnaufenden Sandler zutrippelt, kramt sie in ihrer karierten Einkaufstasche. „Woll'n Sie ein Apferl, vielleicht?“ Mit letzter Kraft entgegnet der Verwahrloste: „Drah di, Omsch, oda host a Tschik?“

Die Schulter des Psychologen hat mittlerweile ihre Tätigkeit triumphierend wieder aufgenommen. Die Stimme aus dem Schacht klingt nun schon sehr verängstigt: „Ich bitte Sie inständig, lieber Herr Professor, mir meine Ungeduld vorhin zu verzeihen. Die Umstände ... Sie verstehen? Ich spüre durch Ihre ausgezeichnete Therapie auch tatsächlich bereits eine gewisse Besserung, ja quasi Ansätze einer vollständigen Rettung, aber sollte und müsste man jetzt nicht Taten ... äh ... physischer Natur folgen lassen?“ Die alte Dame sagt: „Ogottogott, schon wieder einer unten! Ich versteh' das nicht, dieses ewige Getrinke! Woll'n Sie vielleicht mein Apferl?“ Der Psychologe sagt: „Glauben Sie, wir hätten ohne Ihre Aufforderung keine Taten gesetzt? Halten Sie uns denn für derart schwach, derart inkonsequent? Leiden Sie manchmal unter Schweißausbrüchen und starkem Schwindelgefühl?“

Ein sehr großer, dicker Herr, der das goldene, herzförmige Parteiabzeichen der „Wiener Fortschrittspartei“ gut sichtbar an seinem Hemdkragen befestigt hat, überschreitet jetzt ohne länger zu zögern die ominöse Linie und verlautbart dabei: „Lieber Freund und Mitbürger, der Sie in Not geraten sind, nehmen Sie meine, oder besser gesagt: unsere *(dabei deutet er stolz auf sein Abzeichen)* helfende Hand für ... für Ihre bessere Zukunft!“ Als er sich ächzend bückt, drängt sich ein zweiter, kleinerer Mann in den Vordergrund. Dieser ist durch eine violette Orchidee an seiner Gürtelschnalle als Mitglied der „Wiener Ultrafortschrittspartei“, der WUFP, gekennzeichnet. Der Kleine schreit erbost: „Halt, dies ist wohl kaum der richtige Moment für derartige Kundgebungen! Sie da unten, nehmen Sie meine Hand und vergessen Sie gefälligst die Phrasen und Hände dieser Volksverdummer!“ Er wirft sich hilfreich auf den Bauch, der Dicke wirft sich mit dem Kampfesruf „Skandal!“ auf ihn. Da der Kleine dies wider Erwarten überlebt, entsteht eine handfeste Prügelei.

Die Historikerin ist bestürzt über die Entwicklung der Ereignisse und erinnert mahnend an die durchaus vergleichbaren Vorkommnisse des Jahres 11 270 vor Christus in Babylon und an den unheilvollen Streit zwischen dem glücklosen Gegenpapst Calixtus XI. und dem untreuen Mönch Ezechiel in Riga. Alle Übrigen sind schlichtweg begeistert. Der Psychologe findet es aus der Sicht des erfahrenen Gruppendynamikers interessant, wie der Dicke den Kleinen im Schwitzkasten würgt. Der Korrekte findet es nur fair, wenn der Kleine daraufhin den doch zweifellos kräftigeren Dicken durch einen Tritt in den Unterleib schädigt. Der Sandler findet die Szene als solche einfach „ualeiwond“. Die alte Dame kichert: „Jessasmariaundjosef, die jungen Leute halt!“

Ein kleines Mädchen wird vom strauchelnden Dicken gegen eine übergewichtige Dame mit rot gefärbten Haaren und Leder-Minirock gestoßen, die angeregt in ihrer Nase bohrt. Es wird von dieser dafür mit einer Ohrfeige und den Worten: „Host ka Kindastubn ghobt, du klans Flitschal?“ bedacht. Ein hagerer Student, der bislang völlig unbeteiligt und unbeachtet auf einer Bank sitzend den Roman „1984“ gelesen hat, klappt nun sein Buch zu und räuspert sich vernehmlich. Die Rothaarige fährt ihn an: „Wüst iagendwos einwendn, Biaschal, bledes?“ Der Student erbleicht bis unter die Haarwurzeln, klappt sein Buch nervös an irgendeiner Stelle wieder auf und gibt vor zu lesen. Eine Stimme, die diesmal jedoch von oben kommt und von allen anderen Seiten, schmettert automatisch und dennoch Einhalt gebietend ihr „Bleiben Sie hinter der gelben Sicherheitslinie zurück und überlassen Sie älteren und gebrechlichen Personen die Sitzplätze!“.

Der Kampf der Parteifunktionäre endet plötzlich und remis. Der Dicke krümmt sich und stöhnt. Der Kleine blutet Nase. Die übergewichtige Dame wird initiativ, sie stützt den sich sträubenden Ultrafortschrittlichen und zwingt ihn zu der Bank, auf der der Student immer angestrengter liest. „Wüst ned vaschwindn, du Früchtal? Sickst ned, dass dea Hea do gebrechlich wuadn is?“, fragt sie ihn kopfschüttelnd. Der Student flüchtet aus der Station. Sein Buch lässt er liegen. Die

Dame stößt den vor sich hin blutenden Funktionär achtlos auf die Bank, reißt das Buch an sich und hält es unter lautem Hohngelächter in die Höhe: „Schauts eich den Deppn o, lest dea ned goa an oidn Kalenda!" „Aber nein, gnädige Frau", wendet zaghaft die Historikerin ein, „‚1984' ist doch ein Roman des berühmten Schriftstellers George Orwell ..." „Des glaub i, dass des Oasch is!", ruft die Beleibte beharrlich und offenbar keinen Widerspruch duldend. Sie beendet damit vorerst jede weitere Diskussion und versenkt zum Zeichen ihres absoluten Sieges das Buch in einem Abfallkübel.

Es entsteht eine Pause, die zäh ist und durch das leise Schluchzen des geschlagenen Mädchens und das lautere Stöhnen des getretenen Funktionärs nur unzureichend gefüllt wird. Dann tritt endlich die Historikerin vor, räuspert sich und spricht in den Schacht: „Sie sehen, was ein unbedeutender Zwischenfall wie dieser hier in Zeiten wie den unseren für verheerende Folgen nach sich ziehen kann. Auch das wird Ihnen sicher eine Lehre sein. Catull – oder war es etwa der jüngere Livius? – sagt, ich zitiere sinngemäß, treffend: ‚Non utinam vivendissimae, sed etiam adferendum negresse possumus, olim ventilitabilitas extructum et *(sie hebt Zeigefinger, Stimme und Stirnhaut)* sondare sumandi sunt'. Und bedenken Sie, die damaligen Verhältnisse glichen den heutigen doch aufs Haar, ebenso wie die dekadenlangen Konflikte des Infanten von Equador mit Heinrich dem Einseitigen, die in ihrer ganzen Struktur nur deshalb mit unserem Problemaufbau konform gehen, weil sie sich gleichfalls nolens volens aus dem cyrillischen Erbfolgeeklat des 15. Jahrhunderts herauskristallisieren mussten. Der Aufstand der steirischen Standschützen anlässlich der missglückten Einbalsamierung Graf Eumels von Koblenz war schließlich nur das logische, keineswegs – wie Philwood, Mantini und Fereau behaupten – tragische Resultat dieser unheilvollen Entwicklung!" Sie atmet erleichtert auf. „Völlig klar!", pflichtet ernst der Psychologe bei. „Logo!", grölt lauthals der Sandler. „Zweifellos", stimmt die Stimme weinerlich zu, „aber ein Einwand muss doch gestattet sein, Frau Professor: Aus meiner Sicht ist der Zwischenfall keineswegs unbedeutend!" Die Historikerin lächelt weise: „Schauen Sie, lieber Mann, ich will mich hier nicht in allseits bekannten Gemeinplätzen ergehen, aber: Es ist doch alles relativ! Nehmen wir das Beispiel Lawrence Stanfield's, der von seinem geadelten Großonkel mütterlicherseits Schloss Wimpshire erbte, sich aber dennoch aufmachte mit dem großen Ziel, als erster Brite den Äquator in drei Monaten und fünf Tagen zu umschiffen, ohne dabei zu duschen. Oder, noch einfacher und hier zu Lande näher liegend: Denken wir an die Jahre 1938 bis 1945!"

An dieser Stelle unterbricht der Korrekte, dem plötzlich Schweiß unter der Hutkante hervorrinnt, brüsk: „Moment, wie meinen Sie das? Wollen Sie uns etwa alle in einen Topf werfen?" Der Psychologe schüttelt stirnrunzelnd den Kopf, zuckt etwas unregelmäßig und murmelt: „Vorsicht, Kollegin, ich muss doch bitten! Wir wollen hier keinesfalls und wirklich und wahrhaftig nicht ... oder?" Der Sandler erhebt sich, soweit ihm das eben möglich ist, drohend: „Heats endlich amoi auf damit, es Bagasch, es Bruat ..." Dann sinkt er zurück. „Bitte, meine Herren, dass ja kein falscher Eindruck entsteht: Ich will natürlich absolut nichts gesagt haben!", beschwichtigt die Historikerin rasch die Gemüter. „Na hoffentlich!", ergänzt der dicke Funktionär, der sich von den Untergriffen seines politischen Kontrahenten bereits einigermaßen erholt hat. Womit auch das besprochen wäre.

Erneut breitet sich schweigend die Pause aus. Um sie zu unterbrechen, fährt am anderen Gleis hilfreich dröhnend ein Zug ein. Ein Mann in makellos weißem Mantel und ebensolcher Hose steigt wippend aus. Die übergewichtige Dame dringt forsch in einen Waggon ein und besetzt gnadenlos den letzten freien Sitzplatz. Auch die alte Dame und das kleine Mädchen verschwinden im Inneren des Zuges. Die Alte winkt, als dieser abfährt, den Zurückbleibenden. Der Sandler schläft bereits wieder. Der Weißgekleidete erkundigt sich beim Anblick des Grüppchens freundlich lächelnd, was denn hier vorgefallen sei. Er wird vom Korrekten schnell eingeweiht, springt elastisch bis ganz zur Bahnsteigkante vor und sagt dort: „Wirklich eine geradezu nie dagewesene, ungeheure Tragik, Ihr Fall, und in Zukunft zweifellos nicht mehr möglich! Harren Sie aus, mein Freund, verlieren Sie den Kopf nicht, denn wo Leben ist, ist Hoffnung, und Hilfe kommt oft in Augenblicken, wo jede Hoffnung bereits vergeblich scheint." Die Stimme klingt nun zuversichtlich: „Könnten Sie nicht helfen, sich einfach hinlegen, mir die Hand reichen und mich herausziehen? Sie sehen kräftig genug aus ..." Wehmütig lächelt diesmal der dynamische Neuling und tritt zurück. „Ja, ja", seufzt er, „ich sehe wahrlich kräftig aus, bin es jedoch leider, dem Himmel sei 's geklagt, keineswegs. Die Bandscheiben, Sie verstehen? Gerade gestern erst hat mein Arzt mir neuerlich strengstens und unwiderruflich verboten, ... äh ... *(er wird merklich unsicher)* ... fremden Menschen aus U-Bahn-Schächten zu helfen, beispielsweise. Guten Tag also!" Schnell, sehr schnell geht er ab.

Der Psychologe zeigt sich beunruhigt über den durchschnittlich schlechten körperlichen Zustand der Wiener Bevölkerung. Man pflichtet ihm spontan bei. Die allgemeine Übereinstimmung bezüglich dieses Themas bewirkt eine kurze, jedoch erholsame Sprachlosigkeit. Dann schreit die Stimme verzweifelt und ungehalten: „Ich ersuche Sie dringend, nein, ich fordere Sie alle auf, mir Ihre Hände zu reichen! Die Zeit vergeht, jeden Augenblick kann auf diesem Gleis ein Zug in die Station einfahren!"

Der Korrekte bestätigt die letzte Aussage und präzisiert sie durch die Mitteilung, dass nun noch genau zwei Minuten und 13 Sekunden bis zum Eintreffen des Zuges verblieben. Der Psychologe ergreift wieder das Wort und zwingt es, folgendes auszudrücken: „Ohne mich loben zu wollen möchte ich hier eines betonen: Ich bin ein Mann der Tat, aber auch einer, der die gemeinsam vollbrachte Tat, das team-work, wie der Brite sagt, über alles stellt. Zunächst sollten sich in diesem Sinne, trotz aller Eile und Hektik, doch erst unsere lieben Parteifunktionäre die Hände reichen, zum Zeichen der politischen Aussöhnung! Gemeinsam könnten wir dann sachlich und frei von irgendwelchen persönlichen Antipathien das Rettungsmanöver in Angriff nehmen!" Der kleine Politiker reckt nach diesen Worten sofort anklagend seine zerquetschte Orchidee und sein vollgeblutetes Taschentuch u-bahntunnel-plafondwärts und besteht auf völliger Schuldlosigkeit seiner Partei und seiner Person an dem bedauerlichen Zwischenfall. Der dicke Politiker zeigt Bereitschaft, unter gewissen Bedingungen Abbitte zu leisten, betont aber unmissverständlich, in begreiflicher Erregung gehandelt zu haben, da doch die Ehre der Bewegung an sich auf dem Spiel gestanden sei. Der Kleine gesteht jetzt, in manchen Äußerungen vielleicht (wenn auch nur im Interesse der Sache als solcher) eine Spur zu weit gegangen zu sein. Er nimmt diese mit dem Ausdruck des Bedauerns offiziell zurück. Der Dicke zieht mit, nimmt also offiziell seine Faustschläge zurück, worauf das Nasenbluten des Kleinen sofort endgültig aufhört und die noch junge Koalition durch ehrlichen Handschlag besiegelt werden kann. Die Umstehenden applaudieren. Der Kleine hält eine kleine Ansprache, worin er hervorhebt, dass trotz und gerade in Anbetracht der gefährlichen Lage hier, aber auch draußen, überall in der weiten Welt, eine so schnelle und vorbehaltlose Einigung zwischen Fortschrittlichen und Ultrafortschrittlichen äußerst bemerkenswert, vorbildhaft und nicht zuletzt zutiefst menschlich, ja, er betone es noch einmal, wirklich zutiefst menschlich sei. Der Dicke wiederholt die kleine Rede und ergänzt sie durch eine dicke, die wiederum der Korrekte durch die Bemerkung ergänzt, der ganze diplomatische Vorgang habe lediglich eine lächerliche Minute und 48 lächerliche Sekunden gedauert. Alle drei ernten bewundernden Applaus.

„Sehen Sie, gemeinsam und vereint können wir jetzt zur Tat schreiten!“, erinnert der Psychologe bescheiden an seine Rolle als Vermittler. Und tatsächlich beginnt nun fieberhafte Tätigkeit. Die Historikerin schlägt temperamentvoll gestikulierend vor, nach dem Vorbild der ersten Interimsregierung Grönlands nach dem Sturz des einäugigen Regenten Einar Aare Gudwolfsson III. zwei Unterausschüsse zu bilden, die gegenseitige Kontrollfunktion auszuüben hätten und die, der jeweiligen Rettungssituation angepasst, einzig dem Präsidenten oder *(sie betont)* der Präsidentin der übergeordneten Hilfestellungskommission verantwortlich wären. Der Korrekte erwähnt, sprühend vor Tatendrang, rasch noch einmal den Zeitfaktor und wird daraufhin einstimmig zum Zeitnehmer und Vize-Koordinator der Aktion gewählt. Seine erste Amtshandlung besteht in der Verlautbarung der erfreulichen Nachricht, dass der Zug offensichtlich Verspätung habe, da er bereits vor 34 Sekunden in die Station hätte einfahren sollen. Alle sind deutlich erleichtert. Der Sandler ist erwacht und kramt in einem Abfallkübel nach Zigarettenstummeln. Eine Automatenstimme befiehlt von oben (und von überall): „Hinter die gelbe Sicherheitslinie zurücktreten! Vorsicht, Gleis 1, Zug fährt ein!“ Die Stimme von unten brüllt: „Hilfe!“ Der Psychologe murmelt: „Sehr gut, verschaffen wir uns ruhig mentale Entspannung ...“ Dann dreht er sich um und schlendert zur anderen Bahnsteigkante. Seine Schulter zuckt nicht.

Auch die Historikerin wendet sich ab und geht mit gebeugtem Kopf, aus dessen Mundöffnung leise die Jahreszahlen „315 nach“, „722 vor“ und die Stichwörter „Padua-Debakel von Ignaz dem Zahnlosen“ und „Autoritätsverlust Wenzels des Erfrischenden“ zu Boden fallen, in eine andere Richtung. Der Betrunkene rollt sich wieder auf seiner Bank zusammen. In der Ferne werden in der Schwärze des Tunnels die Lichter des Zuges sichtbar. Sein Dröhnen übertönt bereits die Diskussionen der beiden Politiker, die nun ebenfalls ziel- und zwecklos am Perron umherwandeln. Es wird so laut, dass man eventuelle Hilfeschreie jetzt beim besten Willen nicht mehr hören könnte. Der Korrekte hat seinen Hut abgenommen, erfüllt aber selbstverständlich weiterhin gewissenhaft seine Aufgabe. Er stoppt die genaue Verspätung. Von seinen Lippen und seiner in Sekundenabständen auftippenden Schuhspitze lässt sich ablesen: „Dreiundfünfzig, vierundfünfzig, fünfund...“ Das Dröhnen geht in das gewohnte Quietschen über, nicht früher und nicht später als sonst. Der Zug bremst, der Zug hält. Die Türen öffnen sich. „Bitte lassen Sie die Fahrgäste zuerst ungehindert aussteigen!“ Ungehindert steigen etliche Fahrgäste aus. Dann steigen der Psychologe und die Historikerin in verschiedene Waggons ein, ohne sich noch einmal umzusehen. Der Korrekte bemerkt jetzt, da seine Beifall heischenden Blicke nicht erwidert werden, dass die Politiker seine Pflichterfüllung nicht zu schätzen wissen. Ärgerlich drückt er seinen Hut zurück auf die Glatze, wo er ja hingehört, und springt gerade noch rechtzeitig in den Zug. „Vorsicht, Zug fährt ab!“ Tatsächlich, Zug fährt ab.

Als das Dröhnen endlich verklungen ist, treten die beiden Parteifunktionäre an die Bahnsteigkante vor. Kurz starren sie nach unten. „So finster, man sieht und hört absolut nichts!“, sagt der Dicke. „Genau, man kann weder Augen noch Ohren trauen in dieser absoluten Finsternis!“, sagt der Kleine. Falls da Betroffenheit war, hat sie sich bereits wieder entfernt, weil ja nichts zu erkennen ist da unten – und damit auch nichts zu tun. Weil in dieser Finsternis ja auch nichts zu machen gewesen wäre, selbst wenn da jemand oder etwas war, oder besser gewesen wäre. Und das ist die Wahrheit. Und darauf einigen sie sich. Und auch darauf, bei einem Gläschen gepflegten weißen Weines alles nochmals zu überdenken, insbesondere Möglichkeiten für die Zukunft, die sich aus den in der Not gefundenen Gemeinsamkeiten ergeben könnten. Sie klopfen ihre Schultern und gehen ab. Werden sie etwa gar eine neue Partei gründen? Wie wird diese heißen, was wird ihr Programm sein, wird sie die Welt endgültig erlösen? Wir wissen es noch nicht.

Der Sandler bleibt alleine zurück. Er rappelt sich auf, blickt sich nach allen Seiten um, wankt dann zur Bahnsteigkante vor und flüstert an irgendeiner Stelle nach unten: „Wos is jetzta mit dera Stongen Tschik?“ Aufgrund einer durch seine Trunkenheit verursachten Gleichgewichtsstörung gerät er in extreme Vorlage und kippt nun seinerseits vornüber in den Schacht. Unten angelangt schreit er: „Auweh!“

Der junge Walkman-Träger vom Beginn der Geschichte hetzt gerade in Begleitung eines ungefähr Gleichaltrigen, der einen Presseausweis an seinen Anzug geheftet hat, die Stiegen zum verwaisten Bahnsteig hinunter. Dort stöhnt er auf: „Shit, der Zug ist schon durchgedüst! Echt blue, wir haben die ganze verdammte Rettungsaction versäumt ...“ Beide stehen keuchend und starren in die Finsternis des Schachtes. „He, hallo, is do ana?“, grunzt von unten ungeduldig der Sandler. Der junge Mann ist begeistert: „Megasuper, voll heavy und easy und hipp, der Freak chillt noch immer down! Diese Story wird stark abgrooven, was?“ Der Reporter nickt fasziniert, zückt einen Notizblock und stößt eine erste Frage über die Kante hinab: „Was haben Sie gefühlt, als Zug in Station einfuhr?“ „Mia woa schlecht, Oida!“, schallt es zurück. „Vor Todesangst?“ „Na, voa Saufn!“ „Wie haben Sie in furchtbarer Lage überlebt?“ „De meiste Zeit hob i gschnoacht, vastehst, Masta?“ „Hat denn niemand geholfen?“ „Oja, kloa, a so a oide Omsch woit ma an Opflbrond ohdrahn. Oba waßt, i misch ned gean ...“ Des Reporters Augen sind nass vor Aufregung. Er packt den jungen Mann, mit dem er offenbar befreundet ist, am Arm und schreit, um den Walkman zu übertönen: „Pepi, Story des Jahrhunderts! Pulitzerpreis für mich! Skandal, Tragik, rücksichtslose Menge, Oma mischt mit, Überleben wie durch Wunder! Komm, machen Artikelserie daraus. Kannst helfen beim Recherchieren. Bringe dich in Redaktion und Story in Abendausgabe! Los!“ „Wau, stark, ich check' es kaum! Ich bin jetzt auch Reporter, das ist ja der Überhit überhaupt!" Die beiden Reporter stürmen einer großen Karriere entgegen und davon.

Nachdem ihre Schritte und ihr Jubelgeschrei verklungen sind, betritt durch einen anderen Eingang vorsichtig der Student die Station seiner Niederlage. Ängstlich späht er umher, hastig beginnt er in Abfallkübeln zu kramen. Raschelnde Geräusche entstehen dadurch. „He, hallo, Kollega, host an Tschik fia mi?", ertönt des Sandlers raue Stimme aus dem Schacht. Der Student erstarrt zunächst, fährt dann herum, erstarrt erneut und läuft schließlich mit anfänglich schleifenden, später immer schneller und länger werdenden Schritten dem Ausgang entgegen, der ihn verschluckt und außerhalb unseres Gesichtskreises zweifellos bis nach oben würgt, ins sogenannte „Freie", wo es jedoch zur fortgeschrittenen Stunde ebenfalls schon recht finster sein wird. Der Bahnsteig bleibt allein und unzureichend beleuchtet zurück. Von unten gähnt der Gestürzte: „No daun ... guade Nocht!"

Minuten verstreichen, ohne dabei gemessen, eingeteilt oder gar besprochen zu werden. Bahnsteig und Zeit sind leer, doch auch das vergeht. Langsam füllt sich der Perron wieder mit Menschen. Ein Zeitungsverkäufer durchquert schreiend die Station: „Extra-Abendausgabe, ‚Die ganze Wahrheit', Extra-Abendausgabe! Eklat in U-Bahn! Mordversuch mit gepanschtem Apfelwein? Ganz Wien jagt teuflische Oma! Opfer überlebt wie durch Wunder! Riesen-Gewinnspiel der ‚Ganzen Wahrheit': Fangen Sie Alko-Oma und gewinnen Sie zwei Eintrittskarten zur Prozess-Show plus Gratisreise zur Hinrichtung inklusive Teilnahme an Henkersmahlzeit! ‚Die ganze Wahrheit', Extra-Abendausgabe!" Einige Käufe werden getätigt, einige Köpfe angesichts der erschütternden Berichte geschüttelt. Einige ältere Damen werden ganz offen mit argwöhnischen Blicken gemustert.

Ein kleiner Bub läuft spielend bis zur Bahnsteigkante vor und blickt vorsichtig hinab. Er sagt: „Mama, da unten schlafen ja zwei Männer." Seine Mutter läuft ihm nervös hinterher und herrscht ihn an: „Komm sofort her da, Karli, hinter die gelbe Sicherheitslinie!" Der Knabe bockt: „Aber schau doch, Mama, da!" Unwillig schaut die Mutter kurz nach unten, zerrt dann ihren Sohn mit den Worten: „Unsinn, da unten ist es so finster, dass man nichts sehen kann!“ zurück. Dann schaut sie gereizt auf ihre Uhr und murmelt: „Geh’n wir, Karli! Wir werden heute mit dem Bus zur Oma fahren. Der Zug kommt ja doch nicht daher ... und außerdem siehst du dann etwas von der schönen Gegend.“ „Es ist doch schon ganz dunkel draußen, Mutti, und da kommt auch unser Zug!“ „Ich sage dir: Wir fahren mit dem Bus, und damit Schluss der Debatte!“ Kein Vorhang fällt.

Gesellschaft gerade

Geshoppt, gefoppt,
Gewühl gemobbt,
gedopt gerobbt,
gelockt gezockt,
Gefühl gestoppt,
geschickt geschockt.

Getobt, gesiegt,
Gewissen geblockt.

Gerippt geliebt,
genoppt gefloppt.
Gemein genagt,
geheim geklagt,
gelinde gesagt:
„Geschissen!“

Studio 6

Nach 16 Jahren geheimer schriftstellerischer Versuche war es mir wie durch ein Wunder gelungen mein erstes eigenes Buch, einen Lyrikband, zu veröffentlichen. Als der Absatz des Werkes etwas ins Stocken geriet, weil alle Verwandten und Freunde schon ihr Pflichtbuch erworben hatten, musste ich mir neue Märkte erschließen. Also verschickte ich Werbe-Exemplare an sämtliche Zeitungen, Zeitschriften, Rundfunk- und Fernsehanstalten des deutschen Sprachraumes, wodurch die erste Auflage zur Freude meines Verlegers praktisch schon vergriffen war. Niemand kann sich vorstellen, wie stolz ich war, als bereits vier Jahre später ein Antwortbrief des ORF einlangte, in dem ich – ja, tatsächlich ich! – herzlich zu einer Live-Diskussion zum Thema „Ist Österreichs Lyrik wirklich tot?“ eingeladen wurde.

Die Reaktionen der Umgebung auf diesen fantastischen Erfolg meiner Kunst waren sehr unterschiedlich. Während meine Mutter mich sofort darauf hinwies, dass ich so unrasiert, wie ich jetzt sei, unmöglich in der Öffentlichkeit auftreten könne, betonte meine Frau, an diesem Tag müsse ich aber mit Hilfe der Wiener Verkehrsbetriebe zum Funkhaus gelangen, da sie unbedingt das Auto benötige. Schließlich habe sie schon seit Wochen wieder einmal ihre Freundin besuchen wollen und der Termin sei der einzig mögliche, leider. Mein Bruder und mein bester Freund Christian schüttelten erwartungsgemäß und bereits äußerst routiniert den Kopf (jeder seinen eigenen), und die Arbeitskollegen, denen ich bei dieser Gelegenheit beichtete, eigentlich ein Lyriker zu sein, lächelten im Durchschnitt mehr peinlich als berührt, ohne sich jedoch sonst irgendwie zu meinem Fall zu äußern.

Solcherart moralisch unterstützt, zog ich also am großen Tag meinen besten Anzug an, rasierte mich, steckte das letzte existierende Exemplar meines Lyrikbandes in einen ansonst leeren Aktenkoffer, überreichte meiner Gemahlin mit einer feierlichen Geste den Autoschlüssel und raste los, weil ich natürlich schon sehr spät dran war. Die U-Bahn hatte Verspätung, der Bus kam nicht, die Straßenbahnlinie gab es nicht mehr und der Aufzug im Funkhaus blieb stecken.

Von einem mürrischen Hausmeister befreit, irrte ich dann keuchend und vor Aufregung und Hektik schwitzend durch das verwirrende Gebäude. Ich würde nicht zu spät kommen, sondern viel zu spät, das war bereits Gewissheit. Da, endlich sah ich es, das berühmte Studio 9! In diesen ehrwürdigen Hallen waren sie schon alle gewesen, all die gefeierten Helden der Buchstaben, die Giganten der Wortwahl, die Götter des Satzbaus! Hinein, ich musste hinein! Mit dem Mute der Selbstüberschätzung riss ich die Türe auf ...

... und wurde sofort von einem sehr dicken Saalordner arretiert und energisch ermahnt, mich doch leise zu verhalten. Die Sendung lief bereits. Vorne am Podium, das heute anders dekoriert war als sonst, saßen schon meine Gesprächspartner, und der Moderator, den ich seltsamerweise auch noch nie gesehen hatte, hielt gerade die Begrüßungsansprache. Ich riss mich mittels eines gekonnten Aktenkofferschlages los und stürmte durch die vollen Tribünen, den einen freien Platz dort draußen immer vor Augen, von dem aus meine Weltkarriere unaufhaltsam starten musste. Das Publikum hielt mich offenbar für einen Gag und applaudierte stürmisch. Der feist grinsende Moderator, der einen unglaublich geschmacklosen giftgrünen Anzug trug, nutzte die Begeisterung, um einige Witze auf meine Kosten loszuwerden. Meine beiden Diskussionsgegner, ein älterer Herr in Tennisbekleidung, jedoch mit Cowboyhut, Vollbart und Lederhandschuhen, sowie eine junge Frau in hautengem Minikleid, musterten mich argwöhnisch. Das waren ganz offensichtlich Lyrikgegner! Ihnen würde ich die Kraft des gebundenen Wortes entgegenschmettern!

„Wir alle kennen das Thema der heutigen Show – und dazu haben wir einen absoluten Experten eingeladen!“, posaunte der Moderator nun in die Kamera. Ich machte mich zu meiner ersten Wortspende bereit, er jedoch wandte sich zunächst unfairerweise an den Bärtigen: „Herr Oblonski, wenn Sie sich unserem Publikum, wie es in dieser Sendung ja üblich ist, bitte in einem Satz vorstellen wollten!“ Oblonski erhob sich, zwirbelte kurz seinen Vollbart und sagte: „ Ich bin der letzte Versager und habe in meinem Leben noch nie etwas zuwege gebracht.“ Dann setzte er sich wieder. Das Publikum johlte Beifall. Oblonski musste nochmals aufstehen, strauchelte dabei fast und erhielt daraufhin noch frenetischeren Applaus. Es dauerte lange, bis der Moderator nachfragen konnte: „In welcher Hinsicht sind Sie denn ein Versager, lieber Mann?“ Mit sicherer Stimme antwortete der Gefragte: „Na, in jeder natürlich! Sexuell bin ich eine Null, so dass es völlig klar ist, dass mich meine Frau mehrmals täglich betrügt.“ An dieser Stelle erntete Oblonski Standing Ovations, der Moderator klopfte ihm mitfühlend auf die Schulter und die Kamera schwenkte ins Publikum, wo Frau Oblonski erste Autogramme verteilte. „Im Beruf“, setzte der Cowboy nun fort, „bin ich eine noch größere Niete. Wenn mich ein Chef einstellt, kann er sicher sein, dass seine Firma in den Bankrott gehen wird. Freunde habe ich selbstverständlich keine, weil ich, objektiv betrachtet, ein langweiliger, egoistischer, humorloser Spießbürger bin. Diese Kleidung hier trage ich beispielsweise nur, um nicht sofort als solcher erkannt zu werden!“ Und damit riss Oblonski den Zippverschluss seines Trainingsanzugs auf, unter dem ein völlig durchschnittlicher Herrenanzug, wie etwa auch ich einen trug, sichtbar wurde. Der Vollbart erwies sich als angeklebt und wurde zusammen mit Cowboyhut und Lederhandschuhen ins Auditorium geworfen, das vor Begeisterung kaum mehr zu halten war.

Während der Moderator Oblonskis Bekennermut lobte, kamen in mir erste Zweifel hoch. Hatte ich den Sinn der Sendung richtig verstanden? Es ging doch hier um die Zukunft der österreichischen Lyrik, oder? War Oblonskis Auftritt vielleicht nur eine mir unbekannte Art literarischer Aktionsperformance?

In der Zwischenzeit war die junge Dame ans Wort gekommen und hatte gestanden, täglich mehrmals dem unwiderstehlichen Zwang zu unterliegen, Porzellanelefanten zu kaufen und diese in öffentlichen Bedürfnisanstalten zu verstecken. Das Gefühl der Gefahr, dabei ertappt zu werden, sei, so betonte sie, mit nichts auf der Welt zu vergleichen. Da das Saalpublikum davon offenbar weniger begeistert war, setzte sie hinzu, dass sie zusätzlich manchmal unter ihrem Wintermantel nur eine Kette aus Wellensittichfedern trage. Das genügte. Studio 9 und der Moderator brodelten. Oblonski, der sich nun sichtlich übergangen fühlte, rief dazwischen: „Neulich habe ich mir beim Ausleeren des Mülleimers beide Arme gebrochen und meinen Reisepass verloren!“

Dafür erntete er jedoch nur mäßigen Beifall.

Um die Stimmung wieder anzuheizen, sprach der Moderator jetzt mich an: „Nun zu Ihnen, Herr ...?" „Vogel, Magister Vogel!", antwortete ich, von der Situation völlig überrumpelt. „Wir haben Verständnis dafür, wenn unsere Gäste anonym bleiben wollen. Ein Künstlername quasi!", rief der Moderator begeistert. „Nennen wir Sie also Magister Vogel! Gemäß dem Titel unserer Sendung, ‚Menschen lassen alle Hüllen fallen' nun die Frage: Was haben Sie uns zu gestehen?" Es war plötzlich mucksmäuschenstill im großen Sendesaal. Obwohl ich bereits erkannt hatte, dass ich in der falschen Show war, konnte ich jetzt nichts mehr ändern. Sicherlich käseweiß im Gesicht und vor Anspannung zitternd stieß ich also jenen Satz hervor, den ich mir als Einleitung in den letzten Wochen zurechtgelegt hatte: „Ich bin Lyriker, ich schreibe Gedichte, die mir aus tiefstem Herzen kommen!" Einige Sekunden blieb es still, der Saal schien immer größer zu werden. Dann brach urplötzlich ein fürchterlicher Proteststurm los. Gegenstände wurden nach mir geworfen, Oblonski neben mir übergab sich und der Moderator schrie entsetzt: „Mein lieber Mann, es gibt noch Grenzen! Das ist ja geschmacklos! Saalschutz, schafft uns diesen Perversen vom Leibe!" Zu meinem Glück öffnete sich in dem Tumult mein Aktenkoffer und mein Lyrikband purzelte heraus. Die wütende Menge, die mich gerade hatte lynchen wollen, wich vor diesem Anblick zurück, und so gewann ich wertvolle Sekunden. Als die Saaltür hinter mir zuknallte, löste sich von selbiger die bereits lockere Zahl, die in Wirklichkeit ein Sechser gewesen war, endgültig und fiel zu Boden. Weil ich die Treppe nahm, meine Verfolger jedoch im Aufzug stecken blieben, konnte ich aus dem Funkhaus entkommen. Da mir die öffentlichen Verkehrsmittel zu unsicher erschienen, arbeitete ich mich auf dunklen Schleichwegen bis nach Hause vor. Daheim angelangt ließ ich mich erschöpft in meinen Lieblingsfauteuil, den ich zuvor immer „Dichterstuhl" genannt hatte, fallen und schlug die Hände vor dem Gesicht zusammen.

Was hatte ich Wahnsinniger bloß angerichtet? Wie hatte ich es nur wagen können, selbst zu schreiben und das auch noch zuzugeben? Ja, sicher, anerkannte Größen wie Handke vielleicht oder Turrini, die durften, aber ich Wurm? Bisher hatten alle im kleinen Kreis meine Schwäche, die Lyrik, irgendwie hingenommen. Aber nun, nach diesem vorwitzigen Outing vor einem Millionenpublikum, wie würde sich meine Umgebung damit abfinden, dass jeder Mensch auf der Welt von meiner abartigen Neigung wusste? Meine Mutter würde mich zwingen, mir einen Vollbart wachsen zu lassen, damit die Nachbarn mich nicht mehr erkennen könnten. Meine Frau würde wahrscheinlich zwar zu mir stehen, jedoch als Gegenleistung das Auto endgültig an sich reißen, womit ich quasi gelähmt war. Mein Bruder und mein Freund würden wie gewohnt schütteln, aber meine Kollegen, nein, meine Kollegen! Ihr Spott würde sich wie ein flammender Speer in meine offene Wunde bohren, das war gewiss.

Jedenfalls schwor ich schon in diesen ersten Minuten daheim der Literatur allgemein und der Lyrik im Detail ab und ließ mich, nachdem die ersten qualvollen Wochen voll Hohn und Geringschätzung halbwegs überstanden waren, mit meinem neuen Vollbart fotografieren und als zahlendes Mitglied eines Tennis-, eines Fußball- und eines Judovereines sowie als außerordentliches Mitglied des Kanarienzüchterverbandes (schließlich besaß ich noch keinen solchen Vogel) eintragen. Nach der Arbeit, die ich immer schweigend und sehr zügig verrichtete, hetzte (oder besser: zuckelte) ich jeden Tag mit öffentlichen Verkehrsmitteln von einer Vereinstagung zur nächsten, von diesem Training zu jener Futterkontrolle, bis ich spät am Abend einsam (meine Frau hatte mittlerweile die Fernfahrerprüfung bestanden), erschöpft und übersät mit Knabberei-Resten in meinem Fernsehstuhl endgültig zusammenbrach. Das Lesen oder gar das Schreiben verachtete ich redlich. Kurz gesagt: Es gelang mir, mein Leben in normale Bahnen zu lenken.

Nach einigen Monaten schien bereits alles vergeben und vergessen, da läutete eines Tages das Telefon. „Hallo, wir kennen uns von Ihrem Auftritt damals in Studio 6 ...“, raunte eine mir unbekannte Stimme von irgendwo in meinen Hörer – und mir liefen heiße Schauer über den Rücken. Nun hatte mich meine Vergangenheit wieder eingeholt! Ein Erpresser, ich hatte es mir ja denken können! „Was wollen Sie? Sie müssen sich verwählt haben!“, flüsterte ich unwirsch zurück. War das ein durchtriebener, kaltblütiger Ganove! An meinem Tonfall erkannte er sofort den Ablenkungsversuch. Die Stimme kicherte und stellte dann fest: „Wir werden uns sicher verständigen können, glauben Sie mir. Auch ich habe meine Methoden und Kenntnisse, selbst wenn man es mir nicht gleich ansieht. Also, in zwei Stunden, Patrubangasse, unter der einzigen Laterne dort, ist das recht?“ Durch die klare Drohung völlig eingeschüchtert, bejahte ich nur kurz und ließ so schnell wie möglich den Hörer auf die Gabel knallen. Tausend wirre Gedanken schwirrten mir durch den Kopf. Der Kerl musste einer aus dem damaligen Publikum sein. Oder gar ein Bekannter? War es vielleicht gar Oblonski? Oder etwa einer dieser bis an die Knochen verdorbenen Verleger, die immer noch Gedichtbände herausbrachten? Wer weiß, was der Erpresser von mir wollte! Brauchte er Geld, hatte er vor, mich zu einem Gewaltverbrechen oder zu abartigen sexuellen Handlungen zu zwingen oder, noch schlimmer, wollte er mich gar zum Weiterschreiben nötigen? Es war grauenhaft!

Da ich natürlich alleine in der Wohnung war – meine Frau hatte sich zur Wahl der „Queen of the Road 1997“, die diesmal in Salamanca stattfand, gemeldet und war gerade mit dem Auto dorthin unterwegs – konnte ich meinen Verzweiflungstränen freien Lauf lassen. Dann aber, nach etwa fünf Minuten, verwandelte sich meine Angst in blanken Hass. Wenn dieser Kerl mein herrliches neues Leben zerstören wollte, bitte, aber ich würde es ihm nicht so leicht machen! Ich würde kämpfen! Zunächst suchte ich nach einer geeigneten Waffe. Ich entschloss mich letztendlich für den sehr scharfen Gurkenschäler, weil alle unsere Messer zu stumpf und die Schneeschaufel zu auffällig waren. Anschließend studierte ich eiskalt und ohne jede Regung die Fahrpläne der öffentlichen Verkehrsbetriebe am Poster an meiner Schlafzimmerwand. Dabei stellte ich fest, dass die Patrubangasse so weit entfernt war, dass ich schon vorgestern hätte losreisen müssen. Also rief ich ein Taxi, zog meinen alten Trenchcoat an, setzte einen Hut meiner Großmutter auf (ein anderer stand nicht zur Verfügung, denn ich trage außer bei Erpressungen nie Hüte) und verließ die Wohnung.

Draußen war es kalt und nebelig. Das Taxi wartete bereits, was mir verdächtig erschien. Deshalb lehnte ich jedes Gespräch mit dem Taxler kategorisch ab und gab ihm beim Aussteigen auch kein Trinkgeld. Er sagte noch etwas, was wie „Osch!“ klang, aber dann war das Taxi auch schon verschwunden. Ich stand unter der Laterne in der ansonst völlig verfinsterten Patrubangasse, in der außer mir nichts Lebendiges zu existieren schien. Nichts rührte sich, nichts hupte, nichts sprach, nichts regnete, nichts! Plötzlich hörte ich schwere Schritte, die sich langsam näherten.

Als der Fremde in den Laternenkegel trat, erkannte ich ihn sofort, obwohl ich ihn erst einmal in meinem Leben gesehen hatte. Es war der fette Saalordner aus Studio 6! Meine Finger verkrampften sich in der Manteltasche um den Gurkenschäler. Der Dicke sagte freundlich lächelnd: „Da sind wir nun endlich, Herr Magister! Erkennen Sie mich wieder? Ich dachte schon, Sie wären vom Erdboden verschwunden. So lange habe ich Sie gesucht! Haben Sie Ihre Adresse gewechselt, haben Sie eine Geheimnummer?“ Natürlich hatte ich! „Kommen Sie schon zur Sache! Was wollen Sie von mir?“, herrschte ich ihn an. Mir war furchtbar kalt und ich hatte mich in den Daumen geschnitten. „Gut, es handelt sich um Lyrik, speziell um meine eigene. Ich wollte Sie treffen, um Ihren Rat einzuholen, quasi unter Gleichgesinnten, Sie verstehen?“ Ich war perplex. Das war alles? Da steckte bestimmt eine gemeine Falle dahinter, ich musste verdammt vorsichtig sein! Also schnitt ich mich in den Mittelfinger und zischte verkrampft: „Okay, lesen Sie schon, hopp!“ Der Übergewichtige sah etwas verdutzt aus seiner überdimensionalen Wäsche, begann aber doch sofort ein von ihm selbst verfasstes Gedicht zu rezitieren:

„Oh, Zeus, du Gott der Herbstzeitlosen,
willst du wieder Leda kosen?
Und du, hell strahlender Apoll,
verschweigst dein Feuer du dem Zoll?
Ach Hera, edle ...“

„Aus! Genug! Was soll das alles?“, schrie ich empört. Mir waren die Nerven durchgegangen. „Ich wusste nicht, dass Sie der griechischen Mythologie nichts abgewinnen können, Herr Magister! Natürlich habe ich auch modernere Sujets vorbereitet, da wäre etwa folgendes ...“ „Nennen Sie mich nicht immer Magister, Sie verwechseln mich! Belästigen Sie mich nie wieder!“, zischte ich den Mann an und hielt ihm drohend meine blutige Faust mit dem Gurkenschäler unter die Nase. Dann drehte ich am Absatz um, rannte davon, blieb im Dunkel noch einmal stehen, rief ihm, der regungslos unter der Laterne stand, wie Odysseus dem Polyphem triumphierend zu: „Und Ihre Gedichte finde ich zum Kotzen, alle, ohne Ausnahme!“ und setzte mich in die Richtung ab, in der ich einen Taxistandplatz vermutete.

Ich hatte mich geirrt und verirrt, kam erst Stunden später völlig erschöpft daheim an, verarztete meine zerschnittene rechte Hand und fiel dabei in Ohnmacht. Da ich am nächsten Morgen nicht zeitgerecht erwachte, rief mein Chef mich an, erklärte mir, dass dies das berühmte Tröpfchen sei, und feuerte mich. Das machte mir aber nichts aus. Ich war sogar froh darüber, hatte ich doch so mehr Zeit für das Training im Karateclub, dem ich natürlich sofort beitrat. An Geld mangelte es uns jetzt ohnehin nicht mehr, denn meine Frau hatte die Wahl und den sagenhaften Hauptpreis, 3000 Liter Super bleifrei, gewonnen und sich zugleich für weitere 23 Wettbewerbe in ganz Europa qualifiziert.

All diese Abenteuer liegen nun bereits einige Jahre zurück, trotzdem gehe ich nie wieder ohne Gurkenschäler (und Heftpflaster) aus dem Haus. Die Lyrik habe ich endgültig überwunden. Gleichsam als Symbol dafür habe ich gleich am Tage nach dem seltsamen Treffen in der Patrubangasse anonym im Studio 6 angerufen und den dicken Saalordner als praktizierenden Dichter denunziert. Was mit ihm geschehen ist, weiß ich nicht. Ich jedenfalls bin auf alles vorbereitet, habe den schwarzen Gürtel, gewaltige Vorräte an Popcorn daheim und einen Breitwandfernseher. Meine vier Kanarienvögel habe ich scharf abgerichtet, sie sind echte Killer und bewachen meinen allabendlichen TV-Schlaf. Soll er nur kommen, er oder irgendein anderer dieser schmierigen Schreiberlinge! Ich kann mit Büchern jetzt umgehen ...

Kurze Tiroler Bergfexiade

Edelweiß jankernd kraxelt
da Jaga bergan
und schuhjodelt sodann
seim Dirndl,
den Stutzen stets geschultert,
kurz nach Sonnenauftanz
ein sterziges Enzianfensterl
voll Herz
hinab in die schluchtige Stubn.
Hernach wird von ihm
ein Gamsbock gemaxelt.

Der gottergebene Huber-Bauer
drunten im Tale
senst,
ob des Singsangs und Knallens
am Kogel
glücklich schwitzend:
„Meiiwoajoaamojung!“

Aufruf an die denkende Bevölkerung

Plants eure Leben genau, ihr habts nur eines! Überstürzts nichts, sondern entscheidets euch einfach spontan richtig! Kaufts zum Beispiel nur mehr Katalysatorautos und stellts Topfpflanzen auf entlang des neu errichteten Autobahnteilstückes, damit wir auch weiterhin durchs Grüne fahren können, durch unser schönes Land! Werfts keine Papierln weg im Freien! Spielts nicht mit Cola-Dosen Fußball, wenn ihr Kinder seids, der Lärm könnte ältere und gebrechliche Hunderln erschrecken! Jüngeren Hunderln bringts rechtzeitig bei, nicht auf den Gehsteig zu exkrementieren, sondern in die Spielwiese zu scheißen, wo es hingehört! Stellts Topfpflanzen auf, überall, und spritzts das frische Obst doch, bevor ihr es waschts! Wenn ihr mit euren Kindern aufs Land fahrts, dann passts auf, dass sie dort schön leise sind, damit sie die scheuen Touristen nicht stören, und dass sie keine giftigen Schwammerln ausreißen – die könnten unter Naturschutz stehen! Haltets eure Gärten rein von Unkraut und schneidets die Hecken ordentlich, das schaut doch viel schöner aus! Essts auf, was auf den Tisch kommt, wenn ihr Kinder seids, denn eine gewisse Fettreserve hat noch keinem geschadet! Die Zeiten können härter werden, also werfts kein Brot weg! In Afrika verhungern die Neger, denkts daran! Fütterts auch nie verbotene Tiere im Zoo! Wenn ihr als Erwachsene Tiere überfahren habts, womöglich sogar auf dem neuerrichteten Autobahnteilstück, dann werfts doch in Gottes Namen den Gatsch ins Gebüsch, damit es nicht gleich überall so ausschaut! Wenn ihr wollts, könnts ihr auch vegetarisch essen, das ist gesund! Aber kräftig zulangen, nichts wegwerfen, denkts beim Essen, wenn ihr fast nicht mehr könnts, halt an die armen Menschen drüben in Afrika! Rauchts nicht zu viel! Das Rauchen verpestet die Umwelt und ist teuer und ungesund! Gehts anständig arbeiten jeden Tag in die Fabrik! Seids fleißig am Arbeitsplatz und tuts nachher ein bisserl Sport betreiben in der frischen Luft! Fahrts ein paar Kilometer Rad am Radweg neben dem neu errichteten Autobahnteilstück! Schauts nicht dauernd fern! Informierts euch lieber in den Medien über andere Möglichkeiten der Freizeitgestaltung! Seids aktiv, gehts spazieren! Überall in unserer herrlichen Stadt gibt es Gehwege mit Blumentöpfen! Helfts im Winter den herzigen Rehen am Lande und vertreibts die Tauben, weil diese Viecher alles angacken in der Stadt! Fügts euch ein in die Gesellschaft, tuts nicht blöd demonstrieren gegen irgendwas, das macht nur Lärm und stört erst recht die armen Tiere des Waldes! Fütterts die Raben im Winter in der Stadt nicht mit Kaugummis, sondern vielmehr die Tauben! Stellts überall Blumentöpfe auf! Beschmierts unsere schönen Wände nicht mit solchen Schmierparolen, das verpestet doch unsere herrliche Stadt! Schauts euch alle aktuellen Sendungen im Fernsehen an, damit ihr auch kulturell mitreden könnts! Am Sonntag zu Mittag seids schön leise, und auch an den anderen Tagen, wenn ihr Kinder seids oder erwachsen! Pickts keine Kaugummis auf die Straßenbahnsitze, sondern lieber darunter! Tuts in Gottes Namen nicht rauchen, wenn am Arbeitsplatz eh schon genug Rauch ist! Pinkelts auch nicht in die schöne, blaue Donau, andere wollen vielleicht darin baden! Leerts die Zigarettenstummeln aus euren Katalysatorautos nicht auf die neuen Parkplätze oder gar in die Blumentöpfe, sondern ein bisserl abseits ins Gebüsch, vor allem im Winter, damit der Schnee länger schön weiß bleibt in der Stadt! Seids still am Abend, wenn ihr Kinder seids, weil sich die Erwachsenen ja auch einmal unterhalten wollen! Demonstrierts nicht blöd, sondern gehts mit offenen Augen durch die Blumentöpfe und freuts euch, wie schön die sind! In den echten Wald gehts lieber nicht, wegen der tausend Gelsen dort! Und wenn der Regen in der Stadt in den Augen brennt, aus irgendwelchen Gründen, dann wischts euch halt die Augen mit feuchten Taschentüchern aus, ihr seids ja schließlich keine Kinder mehr! Und wenn doch, dann spielts ja nicht mit Cola-Dosen Fußball, zum Kuckuck noch einmal, sondern stellts lieber kleine Topfpflanzen vor die Fenster der alten Leute! So sehts ihr gleich, wenn die gestorben sind, weil sie dann nämlich die Pflanzen nicht mehr gießen! Oder erschießts wenigstens die blöden Tauben, aber leise, mit Steinschleudern, damit die armen Hunderln nicht so erschrecken! Denkts daran, der Fortschritt muss weitergehen! Nach Rust kommen eh noch die Störche, manchmal, und in Greifenstein, beim neuen Kraftwerk, gibt es schon achtmal so viele liebe Fuchserln wie vorher! Damit ist die Rattenplage dort so gut wie beendet! Gehts also mit offenen Ohren durch die Welt und glaubts nicht alles, was ihr so sehts! Stellts Blumentöpfe auf, überall, und seids schön leise, oder wollts ihr als Kinder gelten am Ende?

Überall die Wipfel

(Gedanken zum Phänomen „Wald")

Der so genannte „Wald" ist zu definieren als „eine Ansammlung von mehr als einem Baum" und steht in Verbindung mit Gestrüpp, Schwammerln und Tieren. Viele der gängigen alten Märchen ereigneten sich in ihm. Davon abgesehen sind aber auch seine praktischen Anwendungsmöglichkeiten und seine Zukunftsaussichten mannigfach: Jeder Wald ist ein potentielles Buch mit tausenden und abertausenden Seiten, auf denen beispielsweise ein idealer, romantischer Wald bis ins kleinste Detail beschrieben werden könnte. Wald ist ein wunderbarer Stadtpark, den es nur noch mit Häusern zu umzingeln gilt. Ist eine Waldlichtung einmal ungefähr so groß wie ein Fußballfeld, so reicht sie auch problemlos für zwei Tennisplätze mit mittelgroßem Clubhaus.

Natürlich gibt es, wie bei jeder Sache, auch bedenkliche Seiten des hier behandelten Phänomens: Der Wald birgt etliche Geheimnisse, die nicht und nicht zu entdecken und zu lösen sind. Man kann sie allerdings relativ leicht aus der Welt schaffen, indem man ihn rodet. Der Wald kann außerdem als Zoo gelten und müsste deshalb wegen unlauteren Wettbewerbs – man beachte den provokanten, skandalösen, ja geradezu kommunistischen Verzicht auf Eintrittspreise – dringend vorübergehend geschlossen und reorganisiert werden. In der Ebene schützt Wald überhaupt nicht gegen Lawinen, Muren und Erdrutsche, und Harz ist nicht nur ekelhaft klebrig, es weigert sich auch noch überdurchschnittlich lange zu Bernstein zu werden.

So kann es freilich vorkommen, dass hie und da mehr oder weniger herbe Kritik am Wald laut wird: Förster klagen, wie schwierig die regelmäßige Versorgung des sich im Walde versteckenden Rotwildes mit Bleikugeln, so genanntem „Schrot", sei. Dieses Problem wurde jedoch wenigstens für die Wintermonate durch die parallele Anbringung von Futterkrippen und Schießständen in einem Abstand von höchstens 20 Metern bereits gelöst. Derartige „Integrationsschießstände", vom Volksmund spaßeshalber „Drive and shoot" getauft, erfreuen sich ständig wachsender Beliebtheit bei Tier und Mensch.

Weiters beschweren sich Exhibitionisten und Schwammerlsucher oft (und wohl nicht zu unrecht) über schlechte Lichtverhältnisse in manchen Waldregionen, und viele, vor allem gebildete Menschen bemängeln die äußerst geringe Bedeutung des Waldes in Bezug auf gewaltige in ihm sich abspielende historische Ereignisse, eine Bedeutung, die sich bisher, wie man weiß, in einer einzigen kläglichen Jahreszahl namens „9 nach Christus" erschöpft. Es scheint, als behindere der Wald also auch noch tief greifende politische Prozesse, kurz „Schlachten" genannt. All diese Gründe legen zumindest eine Teilschlägerung nahe.

Keine Gesamtschlägerung, wohlgemerkt, denn verschiedenste schon weiter oben angedeutete Vorteile des Waldes halten diesen Nachteilen die Waage. Zu erwähnen wären hier auf der Haben-Seite etwa folgende Argumente: Niemand, wirklich absolut niemand beschert unseren lieben Kleinen so viele Christbäume wie ... der Wald! Abgesehen davon bietet das völlig selbstständige „Waldsterben" interessante Erfahrungswerte, die bei der Bekämpfung eines möglichen „Stadtsterbens" nützlich werden könnten, und das Anbringen von Schnitzereien und Wandermarkierungen wird durch eine zumindest beschränkte Anwesenheit von Bäumen im Wald wesentlich erleichtert.

Nichts kann die derzeitige Situation des Waldes abschließend besser veranschaulichen als das statistisch ausgewertete Ergebnis einer in allen Bundesländern Österreichs zugleich durchgeführten Blitzumfrage, das Erstaunliches enthüllt: 50% der im Walde angetroffenen Personen gaben an, männlich zu sein! Ein noch in Arbeit befindlicher Umkehrschluss lässt aller Voraussicht nach eine geradezu verblüffende Symmetrie des wäldlichen Sozialprestiges erwarten. Zuletzt sei wieder einmal betont, was uns Experten schon so oft ans Herz gelegt haben, was als Faustregel aller Verhaltensweisen im Umkreis von Wäldern aber nicht eindringlich und oft genug gepredigt werden kann: Rühren Sie das junge Wild niemals an, ehe das Tischgebet beendet ist!

Am Jüngsten Tag, vielleicht

Es donnert und kracht,
ein Hysteriker lacht.
Eine riesige Hand
mit schneeweißem Stab
in gewaltigem Griff
fährt vom Himmel herab,
hernieder zur Erde,
klopft dreimal aufs Land,
dann ertönt ein Pfiff –
wie gebannt
starrt die Herde,
harrt ängstlichen Blickes
ihres Geschickes.
Nun erschallt eine Stimme,
und sie dröhnt ungeheuer:
„Ja, was ist denn hier los?
Hat denn gar keiner Feuer?“

Kapitel III:

Mann und Maus

Wie der Mensch sein soll – von A bis Z

(in Aphorismen erklärt)

Analytisch: „Sehr Verehrte, meine Analyse ist diese: Die miesen Devisen ließen Sie verdrießen. Sie bewiesen, wie viele fiese Brisen über diese Wiesen bliesen! Danke!“

Beliebt (allseits): Jeder Zweite war sein Todfeind, doch einer der Ersten brachte ihn um.

Cool: Was soll's? Der Krug geht so lange zum Brunnen, bis er dort ist.

Diplomatisch: „Gott sei Dank!“, stieß der Teufel erleichtert hervor, als der Apfel endlich gepflückt war, aber er meinte es nicht so.

Ehrgeizig: Im 80-Jahre-Davonlauf vor mir selbst liege ich momentan gut im Rennen: Ich biege schon ins vierte Jahrzehnt ein und bin mir immer noch nicht auf den Fersen!

Feinfühlig: Der Dichter: „Ach, edler Freund, die Schriftstellerei ist nun einmal ein brotloses Gewerbe!“ – Der edle Freund: „Dann iss halt Semmeln!“

Gastfreundlich: „Seid willkommen!“, rief der Gastgeber – und es war ein Befehl.

Humorvoll (sehr): Wie sagte der Maturavorsitzende so launig: „Sie sind noch nicht reif genug, kommen Sie doch im Herbst wieder, zur Spätlese!“

Intelligent: Feigheit ist Mut zur Angst.

Jung (und dynamisch): Und bist du nicht billig, so brauch' ich Gehalt!

Kälteunempfindlich: Unsere Zeit ist mehr als reif – sie ist raureif!

Lebenslustig: Komm, trinken wir noch ein Glas! Glaub' mir, du siehst dann die Welt gleich mit glasigeren Augen ...

Modebewusst: Pierre Cardin blickt lächelnd auf uns nieder
und streckt im wohlverdienten Geld
die müden, steif geword'nen Krawatten.

Nervenstark: Wann geht der nächste Krug?

Opferbereit (stets): Die einzige gesellschaftlich völlig anerkannte Form des Masochismus heißt „Sport".

Positiv (denkend): Mutation und Selektion – das muss doch irgendwann greifen!

Qualifiziert (für die Oberen 10 000): Wer zuletzt lacht, hat den Witz nicht verstanden. Wer zuerst lacht, kennt ihn schon. Oft aber gilt auch hier These 1!

Risikofreudig: Mut ist Angst vor Feigheit.

Sprachgewandt: Zum Glück gibt es kein Sprichwort, das lautet: „Die Prinzessin liegt solange auf der Erbse, bis sie bricht!" Sonst wüsste ja niemand, wer. Oder?

Tolerant: Wer im Glashaus steht, soll sich setzen. (Und nehmt ihm doch endlich die Steine weg!)

Umsichtig: Schade, dass wir nur zwei Augen haben! Mit dreien könnte man noch besser wegschauen ...

Volksnah: „Woin's Gebackene Mäuse?" – „Danke, guter Mann, aber ich für meinen Teil bin Vegetarier. Da nehm' ich doch lieber ein Stück vom Schulterblatt ..."

W*eise (zumindest teil-):* Ich würde gerne einfach so daliegen und dabei sehen können, was morgen passieren wird und was man dafür oder dagegen tun muss. Ein Teil dieses Wunsches ist sogar in Erfüllung gegangen: Ich liege einfach so da.

X*und (und glücklich, allerweil):* Und als das verhasste Tropfen aufhörte, begann ich die Stille zu hassen.

*(h)****Y****permotiviert:* Kompliziert ist, wenn es trotzdem geht!

Z*äh:* Sie folterten ihn solange mit Luxus und Überfluss, bis er gestand, dass es ihm gefiel. Daraufhin wurde er zu lebenslänglicher Zwangszufriedenheit verurteilt.

Lest zwischendurch:
Die gar schröckliche Mär vom Leben des Raubritters Isidor

Ritter Isidor, der von seinen Feinden „der Schrecklichste“ genannt wird, haust auf Schloss Bimsstein, wo der Sage nach einst sein noch grausamerer Urgroßvater Wolfram, den man zurecht den „Allerschrecklichsten“ nannte, geherrscht hat. Doch das ist eine andere Geschichte. Wie Isidor von seinen Freunden genannt wird, weiß niemand, denn er hat keine.

Isidor ist ein Bär von einem Mann. Wenn er des Morgens schlaf- und auch sonst noch trunken aus dem eisernen Pyjama steigt und in seinen stählernen Morgenmantel schlüpft, bebt die ganze Burg. Anschließend verzehrt er regelmäßig unmäßig acht lebende Hühner, zwei Schweine und irrtümlich manchmal Teile der Tischplatte zum Frühstück. Dann ohrfeigt er aus Gewohnheit seinen Hofnarren, der ihn nie zum Lachen bringen kann, und seinem alten Diener brüllt er fürchterliche Schimpfwörter hinterher, weil die Hühner wieder einmal nicht lebendig genug waren. Hierauf stapft er grimmig klirrend in den Schlossgarten, wo er zunächst fluchend seine Ersatzschwerter auf Rostflecken überprüft.

Wenn er sich aber unbeobachtet fühlt, pflückt er manchmal einen Löwenzahn und betrachtet sinnend seine kleinen, gelben Blätter. „Wieso hat ausgerechnet mich keiner lieb?“, murmelt er da gewöhnlich, und bisweilen verfängt sich sogar eine Träne in seinem struppigen Bart. Nach einigen Minuten erhebt er sich dann erfrischt von der Parkbank. „Nun gut!“, sagt er in solchen Momenten trotzig, und er springt in voller Rüstung auf sein Streitross, dass dieses laut aufwiehert, und plündert ohne lange zu überlegen im Alleingang ein ganzes Dorf.

(„Warum erzählt er uns ausgerechnet von diesem Isidor? Was will er uns damit sagen? Sollen wir daraus etwa lernen?“, fragen jetzt vielleicht manche. ... Aber halt, nein, bitte keine Sorgen: Ich habe mich wohl geirrt. Es fragt doch niemand.)

Ein Traum von Simmering

Neulich besuchte ich meine Großmutter. Sie wohnt in Simmering. Ihr Haus ist umringt von mehreren Käfigen mit Betonböden, auf die man – wahrscheinlich um den dünnen Turnschuhsohlen mehr Halt zu verleihen – Bierflaschensplitter gestreut hat. In diese Käfige sperrt man unbeaufsichtigte Jugendliche und zwingt sie dort durch das Schild „Fußballspielen verboten!" zum Fußballspielen. Nachdem meine Großmutter mich wie üblich mit erlesenen Nahrungsmitteln aller Art bewirtet hatte, begab ich mich etwa um 18 Uhr auf den Heimweg. Aus einem sicheren Versteck beobachtete ich einige Minuten die eingesperrten Sportler bei ihrer mühevollen Tätigkeit und versuchte ihre Sprache zu verstehen. Dies gelang mir aber nicht. Als sich plötzlich ein dicker Mann dem Käfig näherte, den ich zunächst für einen Wärter hielt, der sich dann aber selbst als „Ibindahausmastaesgfrasta" vorstellte, suchte und fand ich jedoch das Weite, weil ich nicht Zeuge der folgenden Handgreiflichkeiten werden wollte. Daheim dann, in meinem warmen Daunenbett, arbeiteten das Gesehene und das Gegessene gnadenlos in mir weiter. Ich schlief mit fürchterlichen Magenschmerzen ein und stürzte im Traum sofort zurück ins exotische Simmering. Wieder stand ich in meinem Versteck und beobachtete die seltsamen Spielkäfige. Wieder erschien der dicke Mann. Doch plötzlich bemerkte ich, dass ich diesmal verstehen konnte, was gesprochen wurde. Und es entwickelte sich vor meinen entsetzten Ohren folgender Dialog:

Hausmeister: Oh werte Knaben, gebet Obacht!
Lasst ab von üblem Ballgefecht!
Wurdet ihr des Schildes nicht gewahr,
welches dort an jener kahlen Mauer prangt?
Ich möchte die Vermutung äußern,
dass ihr des Lesens mächtig seid!

Knabe 1: Fürwahr, das Lesen
ist uns allen längst vertraut!

Knabe 2: Allein das Interesse an dem Schilde ist's,
an dem 's uns mangelt!

Knabe 3: Wohlan denn, tapfre Kameraden,
lasst weiter hurtig uns des Spieles frönen
mit diesem runden Leder hier!

Hausmeister: Nun gut, so komme,
was dann kommen muss!
Den Schutzmann zu bestellen, fühl' ich,
ist da meine Pflicht.
Das Schicksal nehme seinen bittren Lauf ...

Knabe 1: Der Zukunft ungewisser Fluss
wird sich uns allen weisen,
wackrer Hauswart,
drum hebe dich hinweg sogleich,
dass wir den edlen Kampf ums Sportgerät
mit der uns eignen Sorgfalt jetzt beenden können!

Hausmeister: So woll'n wir nun den Lauscher dort
in seinem Unterschlupfe fragen,
wie weiter sich der Zwist entwickeln soll ...

Bei diesen Worten wandten sich plötzlich alle Traumgestalten mir zu, mein Versteck löste sich selbstverständlich in Nichts auf, ebenso übrigens meine Kleidung, und ich bemerkte, dass ich mich eigentlich in einer Art Aquarium befand. Von oben versorgte mich Großmutter dementsprechend auch mit Fischfutter. Die Ballspieler und der Hausmeister wurden böse, weil ich ihnen in ihrer Sprache nicht antworten konnte, sondern immer wieder nur mit dem Satz: „Na Oida heast, wos is'n mid eich, ha?" Sie näherten sich drohend. Zum Glück erwachte ich an dieser Stelle. Wie wohl? Richtig, schweißgebadet und mit fürchterlichen Magenkrämpfen, aber glücklich, wahnsinnig glücklich darüber, wieder in meinem geliebten Favoriten zu sein.

Begegnung im Park

Am frühen Nachmittag des 17. Juli, eines glühend heißen Freitags des Jahres 2003, spazierte Herr Alfons K. zur Erholung durch den Stadtpark. Er hatte einen anstrengenden Vormittag hinter sich gebracht und sein Hemd im Büro durchgeschwitzt. Nun wollte er nicht sofort heim in seine schwüle Gemeindewohnung, wo nur Arbeit auf ihn wartete. Also blieb er bei einem Eisverkäufer stehen und erwarb eine große Portion Schokolade-Eis. Mit der Tüte in der Hand nahm er dann auf einer Parkbank Platz, schleckte genüsslich sein Eis und beobachtete gedankenverloren spielende Kinder. Verwegen öffnete er sogar die obersten Knöpfe seines Hemdes, denn auch hier im Park war die Luft unangenehm heiß.

Nach einigen erholsamen Minuten allein auf der Bank setzten sich plötzlich zwei ältere Damen neben ihn, ohne ihn zuvor zu grüßen oder höflichkeitshalber zu fragen, ob denn hier frei sei. Alfons nahm sich vor bald aufzustehen und den Rest seines Eises, das nun bereits recht flüssig war und auf seine Hose zu tropfen drohte, im Gehen zu verzehren. Einige Sekunden musste er jedoch bis zum Aufbruch noch verstreichen lassen, um nicht den Anschein zu erwecken, er ginge wegen der beiden Damen. Schließlich wollte er nicht als ungehobelter Rüpel gelten. Während er also etwas verkrampft versuchte, mit seiner Zunge den braunen Eisstrom noch vor dem Tütenüberhang abzufangen, bemerkte er, dass seine beiden Sitznachbarinnen ihn von der Seite unverwandt anstarrten. Eine schüttelte sogar recht deutlich ihren Kopf, der von einem dicken Tuch umhüllt war. Alfons wagte nicht ihre Blicke zu erwidern. Was hatte er sich bloß zu Schulden kommen lassen?

„Wie können Sie bei dieser arktischen Kälte nur Eis essen?", fragte plötzlich die Dame mit Kopftuch. In ihrer Stimme schwang ein verächtlicher Unterton mit. „Und Ihr Hemd haben Sie auch ganz offen. Passen Sie doch etwas auf, junger Mann, Sie werden sich noch fürchterlich verkühlen!", mahnte die andere Alte ihn eindringlich. Ihre Stimme erinnerte Alfons an die seiner Mutter. „Aber meine Damen", lenkte er verbindlich lächelnd ein, „wir befinden uns mitten im Juli. Ganz Wien stöhnt unter der Hitzewelle! Es ist doch, vorsichtig gesagt, wirklich angenehm warm hier, oder?“ Erst jetzt bemerkte er, dass beide Frauen mit dicken Wintermänteln, Handschuhen und sogar mit silbernen Moon-Boots bekleidet waren. Schon bei ihrem Anblick bekam er eine leichte Gänsehaut. Die Damen waren ob seines Einspruchs entrüstet. „Erlauben Sie, es ist bitterkalt! Ich friere gleich fest auf dieser vereisten Bank!“, schrie die Kopftuchträgerin hysterisch. Ihre Freundin sah Alfons vorwurfsvoll an und beschwichtigte sie dann: „Lass gut sein, Amalie, der Herr hat sicher einen Scherz versucht ...“

Da Alfons einige Sekunden nicht aufgepasst hatte, tropfte nun das Eis auf seine Hände und seine Hose. Eine Wolke musste wohl die Sonne verdecken, denn plötzlich fröstelte ihn in seinem verschwitzten Hemd. Die spielenden Kinder waren verschwunden. „Ich wollte Ihnen keinesfalls zu nahe treten! Die Kälteempfindung ist ja, wie man weiß, auch stets sehr subjektiv, natürlich. Es gibt da etwa Menschen in Tibet, die ...“ „Papperlapapp, neunmalkluges Gerede, neunmalkluges!“, unterbrach ihn die nervösere Dame verbittert. „Kalt ist kalt, heiß ist heiß ... und schweinekalt ist nun einmal hundskalt!“ „Sehr richtig, Amalie!“, stimmte ihre Freundin begeistert zu. Alfons musste sich selbst eingestehen, dass es seit einigen Minuten wohl doch deutlich kühler geworden war. Ihm war eigentlich schon richtig kalt. Zum Glück hatte er endlich sein Eis fertig gegessen! Rasch knöpfte er sein Hemd wieder zu. Gerade als er den beiden Damen entschuldigend eingestehen wollte, dass er sich geirrt habe, erhoben diese sich, ihn keines Blickes mehr würdigend. Amalie sagte schnippisch: „Komm, liebste Franziska, hier sind wir nicht erwünscht! Es gibt eben immer wieder Unbelehrbare!“ „Wie wahr, wie wahr, beste Freundin“, pflichtete Franziska ihr bei, „gehen wir lieber hinüber ins Kaffeehaus, sonst holen wir uns hier noch den Tod!“ Und in Richtung Alfons zischte sie, nun gar nicht mehr mütterlich und jeden Augenkontakt vermeidend: „Wischen Sie sich wenigstens Ihr freches Schandmaul ab, Ihr verschmiertes Gesicht ist ja widerlich!“ Dann trippelten die beiden alten Damen in ihren dicken, glänzenden Stiefeln davon und waren bald schon aus dem Gesichtskreis des Gemaßregelten verschwunden.

Alfons blieb allein zurück, vor Kälte bereits am ganzen Leibe zitternd. Seine Zähne klapperten, seine Hände und Füße waren klamm und seine Nase tropfte. In seinem gepflegten Schnurrbart hingen drei Eiszapfen. Das Taschentuch, mit dem er die unliebsamen Reste dieses unvernünftigen Eisgenusses beseitigen hatte wollen, war längst an seinen bläulichen Fingern festgefroren. Die Atemluft hing als dichte weiße Wolke vor seinem bleichen Gesicht. Als er verzweifelt versuchte sich zu erheben, um noch irgendwie zum nächsten Haus zu gelangen, spürte er, dass seine Hose an der Bank klebte. Sein steifes Hemd zerbrach in den Achselhöhlen. In Kälte erstarrt blieb er also sitzen und stieß nur noch mit letzter Kraft einen bewundernden Satz hervor: „Sie haben ja wieder einmal so Recht gehabt!“ Dieser verhallte jedoch ungehört in der Weite des menschenleeren Parks.

Am nächsten Tag berichteten alle Zeitungen des Landes auf den Titelseiten und mit fetten Schlagzeilen vom rätselhaften Fall jenes Mannes, der mitten im heißesten Hochsommer auf einer Parkbank erfroren war.

Alles nur Menschen

Er nimmt, was er braucht,
so läuft sein Betrieb.
Im Grunde ist er nur
ein gewöhnlicher ... Mensch.

Sie flicht sich aus Lügen
ihre teuren Frisuren.
Auch sie ist bloß eine
von diesen ... Menschen.

Er schmückt sich mit Federn
der andren zum Pfau,
dabei wäre im Tierreich
er doch nur ... der Mensch.

Ich schreib' über sie,
werde dabei nicht rot.
Ich kann mir nicht helfen,
ich bin ein ... Mensch.

Das Hohelied der Langeweile

Schon in Mutters Schoß
ist herzlich wenig los.
Der Mensch, er langweilt sich
als Säugling fürchterlich.
Und auch später dann,
wenn die Schule begann,
starrt der Schüler stur
auf die Armbanduhr
und er hofft und fleht,
dass die Zeit vergeht.
Als Erwachsener schließlich
hockt er öd und verdrießlich
auf dem Sessel im Büro,
träumt vom Urlaub irgendwo.
Ist der Urlaub endlich da,
reist der Mensch nach Kanada,
fadisiert sich beim Flug,
bei der Busfahrt und im Zug,
sitzt zwei Wochen dort im Zimmer,
isst, sieht fern – so wie immer.
Blass und leer kehrt er heim,
Gespräche zäh wie aus Leim
füllen voll seine Tage
neben Mühe und Plage.
In der Ehe tote Hose,
niemals zieht er große Lose.
Ob im Stau, auf der Toilette,
ob Aufzug, Pub, ob Totenbette,
überall muss er bloß warten,
Fadesse pur in allen Arten.
Zu guter Letzt im Eichensarg
wird's eigentlich erst richtig arg:
Des Jüngsten Tages Termin,

der Auferstehung Beginn,
wird verschoben unentwegt,
auf Unendlich verlegt
von den höchsten Instanzen.
Und als wollt' man ihn pflanzen,
raunt ein Wurm ihm ins Ohr:
„Schau, das Leben geht vor!
Sorry, ich soll dir sagen,
du darfst jetzt nur nicht klagen.
Die da oben sind heut'
voll im Stress. Keine Zeit!"
Und der Mensch wartet weiter,
und der Wurm krümmt sich heiter.

Die „Neue Sachlichkeit“

In den Führungsetagen in aller Welt und sogar in Österreich hat sich ein neuer Kommunikationsstil durchgesetzt. Endlich! Die in wochenlangen, aufreibenden Stress-Seminaren abgehärteten Jungmanager haben alles Persönliche, ins Private Gehende, Überflüssige, Anbiedernde und Zeitaufwändige aus ihren Sätzen verbannt. Ihre Sprache ist nun also, wie sie ja sein soll und muss: kurz, prägnant, eindeutig! In Fachkreisen bezeichnet man diese absolut revolutionäre Sprachform, die sich auch bei den Untergebenen besagter Manager rasant verbreitet, als „Neue Sachlichkeit“.

Wie präzise, ökonomisch und trotzdem ungeheuer einprägsam Gespräche am Arbeitsplatz seit der Einführung der „Neuen Sachlichkeit“ immer wieder ablaufen, zeigt uns folgendes Beispiel:

Chef: Bauer, ich halte Sie für einen fähigen Mitarbeiter meiner Firma.
Bauer: Diese Einschätzung meiner Person freut mich.
Chef: Sie haben vorgestern um 16 Uhr 13 einen schweren Fehler begangen.
Bauer: Was habe ich getan?
Chef: Sie haben meinen Kaffee um 39 Grad Celsius zu heiß serviert. Ich habe mir die Unterlippe verbrannt. Selbige musste im Spital ärztlich behandelt werden.
Bauer: Das tut mir Leid.
Chef: Durch die ambulante Behandlung habe ich den Termin Nr.132 Alpha versäumt. Das Geschäft ist deshalb geplatzt.
Bauer: Wie Ihre Lippe?
Chef: Genau.
Bauer: Auch das bedauere ich.
Chef: Ich werde Sie mit Ende des Monats entlassen.
Bauer: Wie begründen Sie diese Maßnahme?
Chef: Ich brauche konzentrierte Angestellte in meinem Betrieb. Haben Sie etwas dazu zu sagen?
Bauer: Meine Frau, meine sieben Kinder und der Dackel werden ebenso verhungern wie ich selbst.

Chef: Und weiters?

Bauer: Stecken Sie sich Ihre Firma mit sofortiger Wirkung an den Hut. Ich kündige. Ihr Kaffee von heute. *(Er gießt dem Chef den Kaffee auf den Schreibtisch und geht.)*

Chef: Auf Wiedersehen. Schließen Sie die Türe leise. *(Bauer lässt die Türe hinter sich ins Schloss knallen. Der Chef ruft ihm nach:)* Danke für Ihre 32 Jahre, 4 Monate, 3 Wochen, 5 Tage, 2 Stunden und 56 Sekunden dauernde Kooperation! Bleiben Sie uns weiterhin als Kunde erhalten!

Um alle Zweifler zu beseitigen

Der Euro wird nichts ändern, keine Sorge! Der, der den Schilling und die Deutsche Mark nicht geehrt hat, ist untergegangen, wie auch der Euro-Ketzer untergehen wird. Wo steht geschrieben, dass man Morde in Lire oder Rubel bezahlen muss, wo? Die Preise für Drogen, Kindesmissbrauch und Verrat werden sich auch in der neuen Währung stabilisieren, da sind sich die Experten und die Politiker einig. Ja, die Experten und die Politiker sind sich einig, Gott sei Dank! Jene beiden Gruppen also mit ebenso unterschiedlichen wie wichtigen Aufgaben:

Die Wirtschaftsfachleute, Banker, Kredithaie, Kapitalverwalter, die uns alle vorbereiten auf die Umstellung – und zwar mit nackten Zahlen. („Ihr verdient jetzt wenig, bis zu 600 % weniger als wir", stellen sie nüchtern, jedoch lächelnd fest. „Daran wird sich mit 800-prozentiger Sicherheit nichts, aber schon gar nichts ändern. Warum macht ihr euch also Sorgen?" Wir nicken verständnisvoll, weil 's ja doch wahr ist.)

Und die anderen, die Politiker, die für nichts Experten sind als für den eigenen Aufstieg, die Obmänner, Vorsitzenden, Haus-, Bürger- und Weltmeister aller Kassen, die Vize- und Präsidenten, alleine oder in Ausschüssen zusammengerottet, die uns die nackten Tatsachen so klar vor Augen führen, dass uns die Schamesröte ins Gesicht steigt über den eigenen Zweifel. („Ihr zögert, ihr Jämmerlinge, ihr kleinkarierten, engstirnigen, hohlköpfigen Geizhälse? Ihr wollt unseren Werdegang versperren mit euren unwichtigen Existenzängsten? Das wird euch nichts nützen, ihr Idioten! Es ist alles beschlossene Sache, ätsch, was sagt ihr nun, ihr Würmer? Los, macht doch noch ein Volksbegehren, ihr wisst ja: Es wird schon Gen! Hahaha!" So lachen sie – und wir stimmen ihnen mehr klein als laut zu und weiter für sie.)

Sie haben ja Recht, so Recht, die Experten und die Politiker! Wir brauchen den Euro für eine große, gesamteuropäische Armee, endlich wieder mit Österreichern! Unsere Söhne sollen auch einmal ein Feld der Ehre düngen dürfen mit sich selbst. Neutralität? Schwachsinn für sentimentale Schlappschwänze! Wir haben von unseren neuen Helden gelernt! Dabeisein ist alles, zum Herminator noch einmal!

Wir brauchen den Euro, denn Geld war immer schon die einzige allen Menschen verständliche Sprache! Wir werden uns blendend verstehen in Brüssel, in Basel, in Bonn und in Bregenz durch das Rascheln der Scheine und das Klimpern ihrer Kinder. Esperanto, amigo? Mein Gott, wer unkt da noch immer? Was soll man denn nun schon wieder nicht in Euro ausdrücken können? Liebe, Hoffnung, Menschlichkeit? Ihr Heulsusen, ihr Kanalratten! Nennt einen Preis, jeder von euch, nennt ihn in Gulden, in Kronen, in Dollars, in Muscheln oder in Euro! Nennt den Preis und wir werden euch Liebe kaufen in Amsterdams Bordellen und Hoffnung in RTLs Talk-Shows und Menschlichkeit auch gleich dort! Wir brauchen den Euro, wir werden ihn kriegen, zumindest manche von uns. Schluss, Punkt, aus!

Schillinge haben wir aber immer mehr gehabt als die Leute in London oder Lissabon, wendet noch immer ein Zauderer ein? Wer war der Witzbold? Du dort in der 3 657. Reihe, im gelben, abgewetzten Pullover, ohne Krawatte? Oder du daneben mit Dreitagesbart, ohne erkennbare Starfriseur-Frisur? 1000 Euro für den, der den Schuldigen nennt! Was, so viele haben das gesagt? Zeit also, wie man sieht, dass auch die Todesstrafe einheitlich genormt EU-weit wieder eingeführt wird.

Dieses Buch hat Coca-Cola gemacht!

Endlich, endlich war mein Roman, an dem ich drei qualvoll lange Jahre im Schweiße meines Angesichts geschrieben hatte, fertig! In sprachlicher Hinsicht und im Aufbau natürlich absolut nobelpreisverdächtig, war der Text mit dem Titel „Mondflecken“ inhaltlich gelinde gesagt genial. Die völlig neuartige Handlung erzählte die Geschichte eines herzensguten, braven, menschenfreundlichen und bloß von der grausamen Umwelt zu seiner Tat provozierten Massenmörders, der den unzumutbaren Verhältnissen im Gefängnis und den sadistischen Aufsehern durch einen Sprung von der Gefängnismauer auf eine im Meer zufällig vorübertreibende Luftmatratze entkommt, später unter falschem Namen als Zahnarzt in Göteborg die Menschheit vor einer schrecklichen Karies-Epidemie bewahrt und zum Dank dafür selbst zum Ehrenaufseher in seinem früheren Kerker ernannt wird. Ein absolut sensationelles Sujet also, der Stoff, aus dem die Bestseller sind!

Nun fehlte nur noch ein Mäzen, der die Druckkosten des Werkes vorzustrecken hatte. Da das Buch selbstverständlich vor allem junge Menschen, Männer, ältere Leute und Frauen ansprechen würde, suchte ich also einen Sponsor, der sich mit seinen Produkten genau an diese Zielgruppe, nämlich an alle, wandte. Und da fiel mir sofort ein Name ein: Coca-Cola! Frisch gekämmt, geschnäuzt und etwas kleinlaut betrat ich die heiligen Marketing-Hallen des Giganten, wo man mich zunächst Platz nehmen und warten hieß. Diese erste Aufgabe erledigte ich fehlerlos. Nach etwa zwei Stunden wurde ich ins Büro des Marketing-Leiters beordert. Mag. Kneter – so stand ’s auf seinem Türschild – war ein drahtiger, großer, glatzköpfiger, korrekt gekleideter Herr um die 50. Er begrüßte mich charmant lächelnd und fragte ohne Umschweife nach meinem Begehr. Ich stotterte: „Ich komme in einer wichtigen kulturellen Angelegenheit zu Ihnen.“ Dann machte ich eine Spannungspause. Die Augen meines Gegenübers glänzten begehrlich. Kneters Lächeln wurde einige Millimeter breiter, als er einwarf: „Sie wissen, wir von Coca-Cola sponsern alle wirklich wichtigen kulturellen Angelegenheiten! Wenn etwa Mick Jagger nur einmal auf der Bühne hustet, dann hustet er in unserem Auftrag!“ Nun bereits etwas forscher erwiderte ich witzig: „Es wird Ihnen vielleicht im Laufe unseres Gespräches noch auffallen, dass ich gar nicht Mick Jagger bin. Vielmehr dreht sich alles um einen Roman, den ich geschrieben habe.“ Meine Pointe fiel, so schien mir, auf nicht gerade fruchtbaren Boden. Das Lächeln war etwas geschrumpft, das Glänzen ganz weg. Rasch fuhr ich fort: „Mein Roman ‚Mondflecken‘ schildert die Geschichte eines herzensguten, braven, menschenfreundlichen und bloß von der grausamen Umwelt zu seiner Tat provozierten Massenmörders, der den unzumutbaren Verhältnissen im Gefängnis und den sadistischen Aufsehern durch einen gewagten Sprung ...“ Kneter unterbrach mich, diesmal gelangweilt lächelnd: „Kommen Sie zum Punkt, lieber Herr!“ „Ich brauche 30 000.-!“, brach es gierig aus mir hervor. Kneters Lächeln wurde ob der Mickrigkeit des Betrages nun mitleidig. „Und was ist Ihre Gegenleistung?“, fragte er, und ich hatte das Gefühl, er hätte mir ganz gerne einfach so ein paar Geldscheine zugesteckt, wie ein guter Onkel es bei seinem traurigen Neffen tut. „Natürlich würden mein Verlag und ich die Unterstützung durch Ihren Konzern auf der letzten Seite des Buches dankend erwähnen, Schriftgröße 14, fett!“, flunkerte ich. Tatsächlich waren 12 und normal geplant! Welch höllische Lust, diese gewagte Lüge, diese raffinierte Offensive meinerseits! „Schriftgröße 28, fett, kursiv, unterstrichen, Seite 1!“, lächelte Kneter. „Okay!“, lächelte ich zurück. Es entstand eine längere Gesprächspause. Kneter erhob sich, zündete sich eine Zigarre an und umkreiste mich langsam. Der Rauch qualmte ihm beim stillen Lächeln aus beiden hochgezogenen Mundwinkeln.

„Welche Auflage?“ „Wir haben 500 Stück geplant, fürs Erste ...“ „3 000!“ „Okay!“ Der Nebel im Zimmer und in meinem Kopf wurde stärker. „Klingt schön langsam interessant!“, sagte Kneter mehr zu sich selbst. An mich richtete er folgende rhetorische Frage: „Könnten Sie nicht auch Begriffe in die Handlung einbauen, deren Klang an unser Produkt, an das unvergleichliche Erfrischungsgetränk Coca-Cola, erinnert?“ Ich nickte überfordert. „Zum Beispiel: Cholera, Choleriker, Kolchose, Kolumbien, Koala, ... Chlor, Klo...ster, klar?“ Ich notierte beflissen. „Außerdem“, fuhr, paffte und lächelte er fort, „außerdem muss Coca-Cola natürlich auch im Titel selbst vorkommen. ‚Mondflecken' klingt ohnehin etwas abgedroschen, nicht? Wie wäre es etwa mit ... ‚Dieses Buch hat Coca-Cola gemacht!' ?"

An jener Stelle der Unterhaltung brach mein kämpferischer Urinstinkt wiederum machtvoll hervor. Wie Phönix aus der Asche erhob ich mich aus dem Rauch der Zigarre, verbat mir jegliche inhaltliche oder formale Einmischung in meine Kunst und hielt ein Plädoyer gegen Zensur und Unterdrückung durch Kapital, das in dem sich etwas überschlagenden Ausruf: „Der Kunst ihre Freiheit, der Freiheit ihre Kunst!" gipfelte. Ich hatte genau den richtigen Ton getroffen. Kneter war ehrlich betroffen, lächelte schwer beeindruckt und klopfte mir sogar anerkennend auf die Schulter. Dann bot er mir eine Zigarre an. Die Verhandlungen verliefen von nun an in einem neuen Klima, das geprägt war von Toleranz und gegenseitigem Respekt. Und ich erhielt die Unterstützung doch! Sicher, einige Kompromisse mussten da geschlossen werden, Kneter war ja schließlich nicht der Osterhase, wie er selbst es treffend formulierte. So änderte ich den Titel etwa von „Mondflecken" auf „Coca-Cola-Flecken". Auch an der Handlung nahm ich einige kleinere Korrekturen vor. Der Roman erzählte jetzt die Geschichte eines herzensguten, braven, menschenfreundlichen und bloß von der grausamen Umwelt in seiner Kolchose zu seiner Tat provozierten Killer-Koalas, der den unzumutbaren Verhältnissen im Zoo und den cholerischen Aufsehern durch einen Sprung von der Klo...stermauer auf eine im Meer zufällig vorübertreibende Coca-Cola-Kiste entkommt, später unter falschem Namen als Kolporteur in Kolumbien den Kollaps der Menschheit durch eine von Kollaborateuren der Kolonialherren verursachte Cholera-Epidemie verhindert und zum Dank dafür selbst zum Ehrenaufseher in einer Chlor-Fabrik ernannt wird. Aber das machte nichts. Niemand kann ermessen, wie stolz ich war, als ich das erste fertige Buch, gebunden in Form einer Cola-Flasche, mit einem glänzenden Schutzeinband, geschmackvoll in den Farben dunkelbraun und knallrot bedruckt, in meinen Händen hielt. Und wie lustig das prickelnd zischende Geräusch beim Umblättern jeder einzelnen Seite klang, das von einem im Buch enthaltenen Mikro-Chip erzeugt wurde!

Leider waren durch diese kleinen Extras die Produktionskosten des

Romans etwas gestiegen, was wiederum den Preis jedes einzelnen Exemplars ungefähr verdreiundvierzigfachte, was wiederum viele Käufer abschreckte, was wiederum meinen Verlag ruinierte. Von der Erstauflage (30 000 Stück) sind also doch noch einige Bücher zu haben. Wollen vielleicht auch Sie ein oder zwei „Coca-Cola-Flecken"?

Elora mit Perdal

(Drama in 3 Akten mit lehrreichem Epilog)

Ort:	*Mattscheibe*
Zeit:	*täglich mehrmals*
Personen:	*Elke Dummbolz (Hausfrau)*
	Prof. Dr. Dr .Rüdiger Klugfreund
	Geheimnisvolle Stimme

1. Akt (In einem der zig-tausend Elora-Testlabors):

Prof. Dr. Dr. Klugfreund: Meine Damen, es ist uns gelungen! *(Fanfaren im Hintergrund)* Es gibt es jetzt! Das absolut neue Elora mit Perdal, dem Sprintfaktor mit Marathoneffekt! *(Elke Dummbolz betritt wie gerufen das Testlabor.)* Frau Dummbolz, ganz ehrlich, was meinen Sie dazu?

Frau Dummbolz (lächelt dümmlich): Na, so sauba, ois sooo sauba! *(Sie schluchzt ergriffen.)*

2. Akt (Monolog des Prof. Dr. Dr. Klugfreund):

Prof. Dr. Dr. Klugfreund: Richtig, richtiger, Elora! Und den Beweis bringt uns der Zerreißkompressor. Wir haben hier einen schönen Spinatfleck am Hemd – doch, kein Problem! *(Fanfaren im Vordergrund)* Schnell das Hemd bei 80° ausgekocht, und wirklich, der Test zeigt: 98 % Hyperkonstante im Lichtkegelreflexregulator! Das Hemd ist weg, der Fleck ist völlig hemdfrei, also quasi, hihi, meine Gnädigste, enthemd! *(Fanfaren einfach überall, Prof. Dr. Dr. Klugfreund überreicht Elke Dummbolz feierlich den Fleck.)*

3. Akt (Monolog der Elke Dummbolz):

Elke Dummbolz: Jo, so sauba, sooo sauba ois! ***(Elke streichelt zärtlich ihren herrlich sauberen Fleck und steckt ihn sich an den Hut.)***

Lehrreicher Epilog:

Geheimnisvolle Stimme: Das ist es eben, Perdal mit Marathoneffekt! Und jetzt auch noch das riesengroße Super-Gewinnspiel! Bei Ladendiebstahl Ihr geliebtes Elora um 100 % verbilligt – zwei oder sogar drei zum Preis von keinem!

(Schmetternde Schlussfanfare)

Eine Grabrede
(Hoffentlich nicht meine!)

Er war ein Freund für dich und mich,
(Ein Glück, dass man ihn selten sah!)
sein Herz war stark und ritterlich!
(Sein Herzinfarkt beweist das ja.)
Am Arbeitsplatz stets unentbehrlich
(Er lenkte die Kaffeemaschine ...)
war er, korrekt und immer ehrlich.
(Außer zu Fräulein Clementine!)
Drum, liebe Freunde, lasst uns beten,
(Er hat sich doch oft fies benommen.)
ein letztes Mal ans Grab uns treten!
(Damit wir bald ins Wirtshaus kommen ...)
Wir alle ehren seinen Namen.
(Das ist für ihn ein schwacher Trost!)
Ergriffen sage ich nun: Amen!
(Na endlich! Ab ins Beisl und dann: Prost!)

Kapitel IV:

Fix und fertig

Eine kleine Textaufgabe?

Ein Schiff mit dreizehntausend Tonnen
fährt fünf Stunden Nordnordwest,
mit vierzehn Knoten, acht Personen.
Zu berechnen ist der Rest,
der, zum Quadrat addiert, ergibt,
wie oft der Bruch sich kürzen lässt,
und der, wenn man die Zahl verschiebt,
die Wurzel potenziert verlässt!

(Nur keine Panik,
zwei Minuten Zeit –
also fast eine kleine Ewigkeit!)

Kreidestaub

(Zwei „Äußere Monologe" mit Unterbrechungen)

1. Szene: Mathematik

(Im Klassenzimmer. Ein junger, dynamischer Lehrer stöbert in seinen Unterlagen. Die Schüler sitzen in sich versunken, wollen ja nicht auffallen.)

Lehrer (lächelnd): Na also, wir haben heute wieder einmal zwei Prüfungen: *(Er rümpft leicht die Nase.)* Zischke und *(freundlicher)* Kölbel. Wer will denn anfangen? Gut, Zischke, komm' gleich du heraus, damit wir die Sache hinter uns bringen. *(Zischke erhebt sich langsam und schleicht gebückt zur Tafel.)* Etwas schneller der Herr, wenn ich bitten darf. Du weißt, bei dir geht es ja wiederum zum x-ten Male um Sein oder Nicht-Sein, ums Ganze, gewissermaßen, auf Gedeih und Verderben, wenn du verstehst, was ich meine. *(Zischke spielt nervös mit der Kreide.)* Bis zum letzten Atemzug, Genügend oder ... Nicht genügend! Positiv oder negativ, schwarz auf weiß, alles oder nichts, Himmel oder Hölle! *(Zischke schluckt hörbar, lockert seinen Kragen.)* Auf Biegen und Brechen, klar? Hopp oder tropp, Aufstieg oder tiefer Fall *(immer schneller)*, letzte Chance, fünf vor zwölf, sonst: no future! Götterdämmerung, Straße ohne Wiederkehr, ist das klar, völlig klar? *(Zischke nickt unterwürfig, lange Pause. Der Lehrer blättert versonnen in seinen Aufzeichnungen, schüttelt dabei permanent den Kopf.)* Nun, lieber Zischke, fangen wir endlich an? Du hast bereits so viel Zeit sinnlos vertrödelt, dass sich leider nur noch ein einziges, alles entscheidendes Beispiel ausgeht ... oder hat der Klassensprecher etwas dagegen? *(Schweigen)* Na also, warum nicht gleich, die Zeit vergeht, nur mehr wenige Minuten und nichts – ich betone: nichts! – ist bisher geschehen. *(Lange Pause.)* Und hier die Angabe. Schreib' bitte flott mit! *(Zischke nickt und begibt sich in Startposition. Erneut lange Pause. Dann rasch:)* Etwas kühl hier, nicht? Schließt die Oberlichten! *(Zischke hat das erste Wort mitgeschrieben, löscht es hastig.)* Du wirkst etwas abgespannt, mein Bester, wohl wieder nichts vorbereitet, was? Auf fauler Haut gelegen? *(Ohne Übergang, sehr schnell:)* Klein x zum Quadrat mal Pi, das Ganze in halb eckiger, halb geschwungener Klammer, mal 27 plus y minus z hoch 33 minus Alpha-Zentauri durch 7,5 % der Endsumme, eingeschrieben in einen quadrigen Hohlellipsoidkessel mit Umfang Null Halbe, ist gleich Beta mal 62 Drittel Gamma gebrochen durch Hypotenuse des Winkelproduktes der Achse des Kreisquadranten Sinus 49 Cotangens minus Unendlich mal 93. Löse die Gleichung! *(Zischke hat geheimnisvolle Zahlen- und Buchstabenkombinationen mitgeschrieben, beginnt sofort und zielstrebig zu rechnen. Der Lehrer gelangweilt:)* Na ja, noch unsicher bisher. Du hattest vor zehn Sekunden noch genau eine Minute Zeit. Also los, Tempo, dalli, dalli, ruck, zuck! Meine Güte, schleppend, besonders schleppend! *(Zischkes Kreide zerbricht.)* Pass doch auf! *(Im Vorbeigehen wischt er mit seinem Hemdsärmel unauffällig ein Minus Zischkes von der Tafel.)* Zischke, Wahnsinn, schwerer Fehler, hier fehlt doch ein Minus! Und trotzdem stimmt alles andere? Äußerst verdächtig, wahrscheinlich Zufall, oder etwa alles eingesagt bekommen, nicht wahr? Noch zehn Sekunden, Beeilung!

Zischke (seine Rechnung mit einem stolzen Seufzer beendend): Das Resultat lautet: 17!

Lehrer: An sich seltsamerweise nicht ganz falsch, aber wie oft, frage ich euch, wie oft soll ich das noch wiederholen? Das Ergebnis ist immer ... *(triumphierend)* zu unterstreichen! *(Zischke unterstreicht das Ergebnis.)* Es ist zu spät, so geht es eben nicht. Mein lieber Zischke, deine Note lautet: ... Nicht genügend! Miserabel, tut mir Leid! Setzen! *(Zischke nickt gebrochen, setzt sich und schweigt.)* Bedauerlich, sehr bedauerlich! Nun können wir alle uns aber erholen, denn jetzt kommst ja du an die Reihe, Kölbel. Wir wissen, du könntest längst schon dein Sehr gut haben, aber ich muss dich leider noch einmal in dieser Form prüfen ... *(Kölbel eilt nach vorne, lächelt dümmlich.)* Also, lieber Kölbel, brauchst nicht aufgeregt sein, wird schon alles passen, nicht wahr? Jetzt komm, schreib einmal. *(Er diktiert langsam:)* 2 plus 2x minus 4 ist gleich 8. *(Er wiederholt die Angabe mehrmals.)* Hast du alles?

Kölbel: Minus 3x?

Lehrer (gütig): Nein, nein, plus 2x!

Kölbel: Ist gleich 8?

Lehrer (begeistert): Genau, sehr gut! *(Kölbel zögert, führt dann sinnlose Rechenoperationen durch, löscht diese jedoch sofort wieder von der Tafel. Der Lehrer legt ihm die Hand auf die Schulter und nimmt ihm die Kreide aus der Hand.)* Fehlt dir jetzt ein Ansatz? Na warte, ich helfe dir ein wenig ... *(Er löst die Gleichung.)* Bravo, schon wesentlich besser! Und jetzt? *(Kölbel unterstreicht unsicher die Lösung.)* Sehr richtig, endlich hat es einer kapiert! Siehst du den himmelhohen Unterschied, Zischke? Das, meine Freunde, das ist ... mathematische Präzision! Ein zweites Beispiel erübrigt sich in diesem Falle wohl. *(Kölbel jubelt in peinlich übermütiger Weise, eilt auf seinen Platz zurück.)* So, gibt 's noch Einwände, Wünsche, Anregungen, Beschwerden? *(Schweigen.)* Na, dann macht 's einmal die Fenster auf. Hier ist es ja unerträglich schwül. Und miefen tut 's auch gewaltig.
(Vorhang fällt.)

2. Szene: Deutsch

(Ein alter, weißhaariger Professor mit Hornbrille und Vollbart sitzt hinter dem Katheder. Er blickt versonnen aus dem Fenster und spielt mit Kreideresten, so dass sein dunkler Anzug beschmutzt wird. Die Schüler harren schweigend der Ereignisse. Ansatzlos beginnt der Gelehrte zu deklamieren:)

Professor: Ich sage es und sagte es immer wieder, äh ... das Zitat, das genaue, fehlerfreie, klassische Zitat öffnet uns ... äh ... den Schlüssel zur großen Weltliteratur. *(Er stockt, deutet mit beiden Händen eine unverständliche Geste an und steckt sich gedankenverloren Kreide hinter die Ohren.)* Im Zitat finden wir die geronnene Reisheit ... äh, Pardon, wollte sagen: die gewonnene Weisheit, die dichterische Kraft der genialischen Denker aller Lungen ... äh ... Zungen. *(Nun schreit er:)* Goethe, Schiller, Kleist oder Stifter! Grillparzer, äh ... nicht zu vergessen Goethe, Kleist, Shakespeare und last but not last ... *(Er hält inne, blickt mit weit aufgerissenen Augen in die Klasse und flüstert halb, halb ächzt er ehrfurchtsvoll:)* Goethe ... *(Erschöpft lehnt er sich zurück, eine längere Pause folgt.)* Und das, meine lieben Freunde und Zwetschkenstecher, ist genau der Grund, warum ich euch ohne Aderlass, quasi immer und immer wieder Zitate ins Herz trichtere. Die müsst ihr einfach lernen, ihr müsst! *(Er springt auf, sinkt jedoch sogleich wieder in seinen Stuhl.)* Na, dann schauen wir einmal ... du dort, schwätzender Schüler mit lockigem Haar! Ja, du, stell' er sich nicht so an! Ihr alle wisst ja, dass ich mir eure Namen nicht merken will, wo sie doch nur Schall und ... äh ... Welle sind. *(Der Angesprochene, es handelt sich um Zischke, erhebt sich zögernd.)* Nenne uns nun das Zitat, mit dem Schillers unsterbliche „Maria Stuart" endet! *(Zischke wendet sich Hilfe suchend an die Klasse, von wo aus ihm das Wort „Lord!" zugewispert wird.)*

Zischke: Der Lord ... der Lord ... ist fort!

Professor (ansatzweise in Hysterie verfallend): Mein Gott, nein, du guter Schwan, ich tue hier, was in meiner Hand steht, um euch unsere Klassiker näher zu bringen, und ihr lasst mich so im Wald, ich meine im Regen, ... im Regenwald liegen! So eine enttäuschende ... äh ... Enttäuschung, jetzt platzt mir bald der Hut hoch, jetzt schlägt mein Kragen 13! „Der Lord ist fort!", wagt er zu höhnen – das ist der Tropfen, der mich fast zum Überlaufen bringt!

Zischke (einlenkend): Vergebung, Herr Professor, ich hatte heute schon Mathematikprüfung, konnte deshalb die gestrigen 30 Zitate nicht wiederholen und ...

Professor (ihn zornig unterbrechend): Sieh an, sieh an, schau, schau, hört, hört, potz nix, stille Wasser sind trüb! Da steht er da, als ob er ... kein Wässerchen lassen, ich meine stillen könnte, und dann eine solche Infamie! Mathematikprüfung! Einfach lächerlich, sich mit dieser Ausrede aus der Atmosphäre ziehen zu wollen. Du bist und bleibst ein gar liederlicher ... äh ... Schafspelz!

Kölbel (Versucht, offenbar in seiner Eigenschaft als Klassensprecher, Zischke zu retten): Mit Verlaub, Schüler Zischke hatte heute tatsächlich Prüfung in Mathematik!

Professor: Aha, wie gehabt, so zerronnen! Eine Hand wäscht die Unschuld! Du Bube du, du denkst dir wohl, bloß weil deine letzte Schularbeit zufällig positiv war, seiest du aller Sorgen ent... woben. Du denkst weiters, ... äh ... ein blindes Huhn kratzt dem anderen kein Auge aus, aber ich warne dich: Eine Krähe macht noch keinen Korn ... will freilich sagen: Sommer! Eines ist mir nun sonnenklar: Euch Bengels wird beim Lernen nie der Kopf aufgehen ... äh ... der Knopf rauchen! Aber ohne Fleiß kein ... Grund zur Nachsicht! Ihr werdet meine Suppe noch auswürfeln! Das lasse ich mir nicht gefallen, schreibt euch das hinter die ... äh ... Löffel!

Kölbel: Ich meinte doch nur, weil auch ich Prüfung hatte ...

Professor (nun tatsächlich hysterisch): Das also ist des Pudels Saft! Du kannst selbst nichts, wie erwartet! Ich sage dir, der Apfel geht so lange zum Brunnen, ... äh ... bis er hineinfällt. Da ist der Krug drin, das wurmt mich gewaltig! Wir beide werden Probleme miteinander bekommen, allen Ernstes, ich werde in diesem Fall gnadenlos das Kriegsbeil rauchen, ... wollte vielmehr ausdrücken: die Friedenspfeife ausgraben! Da wirst du aber den Kürzeren haben! Der Krieg ist zwar bekanntlich das Ding aller Väter, für dich wird das aber unangenehm werden!

Kölbel (kleinlaut): Ich bitte vielmals um Verzeihung.

Professor (etwas gnädiger): Nun gut, wir müssen ohnehin fortfahren, Schlamm drüber, die Zeit eilt bekanntlich, ... äh ... dass sich alle wundern. *(Er wendet sich wieder an Zischke.)* Hurtig voran, Schillers Zitat steht immer noch im Raume! Früh übt sich das ... Eichhörnchen, was Hörnchen nicht lernt, ist ... äh ... den Groschen nicht wert, ich meine natürlich: das frisst Hans nimmer wieder. *(Verwirrt stockt er und beißt von der Kreide ab.)* Also! *(Er schluckt.)* Ich warte ...

Zischke (stotternd): Der Lord lässt sich entschuldigen, ... er ... isst ... zu Mittag Aufstrich ?

Professor: Oh nein, spann uns nicht so ins Fettnäpfchen! Pass auf, dass du deiner Zunge nicht die Sporen schießen lässt, halte doch deine Zügel im Gaum... äh ... Zaum! Das war wieder falsch zitiert. Aber wenn du glaubst, ich werde nach deinem Vulkan tanzen, dann hast du dich beschnitten! *(An die Klasse:)* Euch von Schiller zu berichten bedeutet Pfeifen vor die Säue werfen, bedeutet Tulpen nach Athen tragen. Aber dir, dummer Schüler, werde ich noch ... äh ... den Zahn füllen. Dir wird kein Dorn aus der Krone fallen, wenn du einmal ordentlich lernst. Du bist mir in letzter Zeit ein Stein im Auge! Das gesuchte Zitat lautet freilich wie folgt: „Der Lord lässt sich entschuldigen, ..."

Zischke (verzweifelt Wortfetzen wiederholend, die ihm eingeflüstert werden): „Der Lord lässt sich entschuldigen, er ist ... im Schiff ... am Badeteich ..." ?

Professor: Unsinn, stupider! „ ... er ist im Schiff nach Frankreich." !

Kölbel (sich anbiedernd): Aber müsste es nicht heißen: „zu Schiff" ?

Professor: Frechheit! Mich ausbessern will der ... äh ... Teufelsberater. Na warte, Bürschchen, wir beide haben sowieso noch eine Schwalbe miteinander zu rupfen, du schelmischer ... *(In diesem Augenblick läutet es. Alle Schüler springen auf und verlassen fluchtartig den Klassenraum. Der Professor bleibt alleine zurück, was er jedoch nicht zu bemerken scheint. Nach langer Pause seufzt er, indem er sich über das Klassenbuch beugt:)* Hat jemand gefehlt? Wo ist eigentlich das ... äh ... Tafelbuch?

(Der Vorhang fällt nun endgültig.)

Im Hörsaal

Vom Podium wird referiert,
genauestens differenziert,
aus alten Büchern recherchiert,
was wann und wenn, warum passiert.
Die Hörerschaft ist fasziniert!
Wie leicht die Welt doch funktioniert,
sofern man gut interpretiert!

Am Fensterbrett einsam rotiert
die Fliege, die schon müde wird.
Sie hat sich hoffnungslos verirrt,
ist faulen Worten nachgeschwirrt.
Kraftlos am Fensterbrett rotiert
die alte Fliege – und krepiert.

Herbstliches Seminar in pädagogischer Bergwelt

Man hatte die Anreise gut überstanden und saß nun versammelt und doch distanziert im eher schlichten Seminarraum des kleinen steirischen Hotels. Alle Anwesenden waren Lehrer und schwiegen. Draußen vor den Fenstern wallte der Herbstnebel. Das Thema hieß wieder einmal „Lernen lernen lehren" – oder doch „Lernen lernen lehren lernen"? Der Vortragende, ein Psychologe mit Vollbart und mächtig tiefer Stimme, erhob schließlich sich und das Wort. Er stellte sich vor und meinte, für das Arbeitsklima der kommenden zwei Tage sei es wichtig und unumgänglich, einander besser kennen zu lernen. Es begann also ein erstes Kennenlernspiel, begleitet von entspannender Musik, klassisch. Papierbällchen mit kurzen Steckbriefchen wurden durch den Raum geworfen, gefangen, geöffnet und verlesen. Danach kannte man sich bereits recht gut. Eine günstige Gelegenheit also für weitere Kennenlernversuche! Der Saal wurde notdürftig verdunkelt und es folgten Berührungs-, Tast- und Suchspiele aller Art. Da das Seminar jetzt etwas in Gekicher zu zerflattern drohte, rief der Psychologe zur allgemeinen Begeisterung eine kurze Rauch- und daran anschließend die Mittagspause aus. Diese mündete in weitere Kennenlernspiele – interaktiv und gruppendynamisch äußerst interessant.

Höhepunkt des ersten Tages wurde der Versuch einer Massenhypnose. Sämtliche Teilnehmer saßen mit gebeugten Köpfen und offenbar immer schwerer werdenden Gliedern, zunehmend in Trance versinkend, in einem lockeren Kreis um den Psychologen, der seine wirklich unheimlich tiefe Stimme gekonnt spielen ließ. So versetzte er doch tatsächlich alle Seminaristen in ihre Kindheit zurück! Nur äußerst selten hob jemand kaum merklich den Kopf und blinzelte verstohlen in die versteinerte Runde. Diesem faszinierenden Erlebnis folgten freilich zur Entspannung und Auflockerung zwanglose, jedoch leicht themenzentrierte Kennenlernspiele. Da man sich am Abend also wirklich schon sehr gut kannte, zog man unter der Leitung des Psychologen in ein benachbartes Wirtshaus, kostete verschiedene Weine und lernte sich noch besser kennen. Infolge der Überlänge der abendlichen Veranstaltung wurde der Beginn des Seminars am nächsten Morgen auf 10 Uhr verschoben.

Dann jedoch ging alles Schlag auf Schlag. Ein zweiter, strengerer Vortragender, ein Pädagoge, mahnte alle anwesenden Lehrer einleitend, nie den Fehler zu begehen, sich einfach „ohne Rücksicht auf Verluste“ vor eine Schulklasse zu stellen, ganz frontal, und drauflos zu unterrichten. Nach diesen eindringlichen Worten begab er sich zum Overhead-Projektor nach vorne und redete, unterstützt von farbigen Folien voll von Pfeilen und Dreiecken, drauflos. Sein Monolog dauerte etwa vier Stunden. Er sprach von Rieseneiweißmolekülen, vom „Drall zur Praxis“ und von „Belohnungsmechanismen“, vom „aktiven Selbst als Angstgenerator“, von der „Verzahnung von Angst und Verspannung“, vom „psychophysischen Substrat“, von „semantischer Passung“, vom „Evaluieren der Humorkomponente“, von „Proteinsynthesen mit postmentalen Erregungen“ und last but not least natürlich auch von der „pädagogischen Trias“. Seine Ansprache gipfelte in dem drohenden Ausruf: „Das Wichtigste muss im Buch unterstrichen werden!“ Als er fertig war, wiederholte er alles und wiederholte die Wiederholung. Die Hörerschaft war tief beeindruckt. Es gab einfach keine Fragen mehr.

Weil es jetzt bereits nach 14 Uhr war, knurrte allen der Magen. Außerdem mussten die Zimmer geräumt werden. Der Aufbruch wurde daher recht hektisch und förmlich. Die, die sich am Abend zuvor doch wahrhaftig gut kennen gelernt hatten, entschwanden sich jetzt wieder sang- und klanglos aus dem Blickfeld. Auch der steirische Herbstnebel verzog sich, jedoch begann es in Strömen zu regnen. Die Abfahrt glich also alles in allem eher einer Flucht. Im sicheren Auto dann stieß so manchem Seminarteilnehmer unangenehm hoch, dass das Wort „Schüler“ eigentlich nur sehr selten vorgekommen war. Auch die übereilte Verabschiedung und der Rotwein vom Vorabend stießen unangenehm hoch. Insgesamt blieb also, man muss es leider gestehen, ein schaler Nachgeschmack.

Eine Überredung

Sie hatten einfach gefragt, ob die zwei Plätze frei wären, saßen nun seit geraumer Zeit mit den beiden jungen Damen an einem Tisch. Ihre Gespräche wurden nach und nach witziger und hitziger, geistreicher, einfach philosophisch. Die Mädchen waren schon ausgestiegen, gaben nur kurze, bekräftigende Äußerungen von sich, ansonsten vollauf damit beschäftigt, soviel geballtes und profundes Wissen zu bewundern. A meinte gerade, indem er sich noch ein Gläschen weißen Weines gönnte, die Argumente B's hätten zweifellos einiges für sich, nur seien sie von Kant und anderen bereits widerlegt worden und daher ungültig. B berief sich daraufhin milde lächelnd auf Schopenhauer, und A musste ihm, da er die angesprochene Stelle selbstverständlich ja kannte, zugestehen, hier eine mögliche und langgesuchte Überleitung zu Sartre und der transzendentalen Obdachlosigkeit gefunden zu haben. Die Damen nickten und B zündete Edith galant die Zigarette an, fragte nebenbei nach Familienname und Telefonnummer. Man müsse diesen ganzen Themenkomplex unbedingt einmal ungestört mit ihr durchdiskutieren, da sie ja offensichtlich die nötigen Voraussetzungen mitbringe. Edith versuchte auf Max Frischs Romane aufmerksam zu machen, denn sie hatte einen davon zum Geburtstag geschenkt bekommen und bereits die ersten fünfzehn Seiten gelesen. A gelang es mit gewagtem Gedankensprung, Hegel und Aristoteles, über die er neulich beim Autofahren eine Radiosendung gehört hatte, ins Kalkül zu ziehen und in einem Aufwaschen Birgit ein Rendezvous zwecks psychischer und hypnotischer Experimente abzuringen. B musste erst eine herbe Kritik an C's Gedichten anbringen – C selbst war ja leider heute verhindert – und sie in Relation zur Lyrik Goethes, Schillers und Paul Celans setzen, ehe er sich Edith endgültig ungestraft aufdrängen durfte. Birgit spendierte eine weitere Runde, man war liberal, warum sollten nicht auch Frauen Männer einladen dürfen?

Der Heimweg wurde recht lustig. Sie begleiteten die Mädchen bis zur Straßenbahn, erinnerten mahnend an Lessing, zitierten scherzhaft Shakespeare, und man verblieb bei Handke als größtem lebenden Schriftsteller des gesamten deutschen Sprachraumes und bei nächstem Dienstag, halb sieben, in Birgits Wohnung.

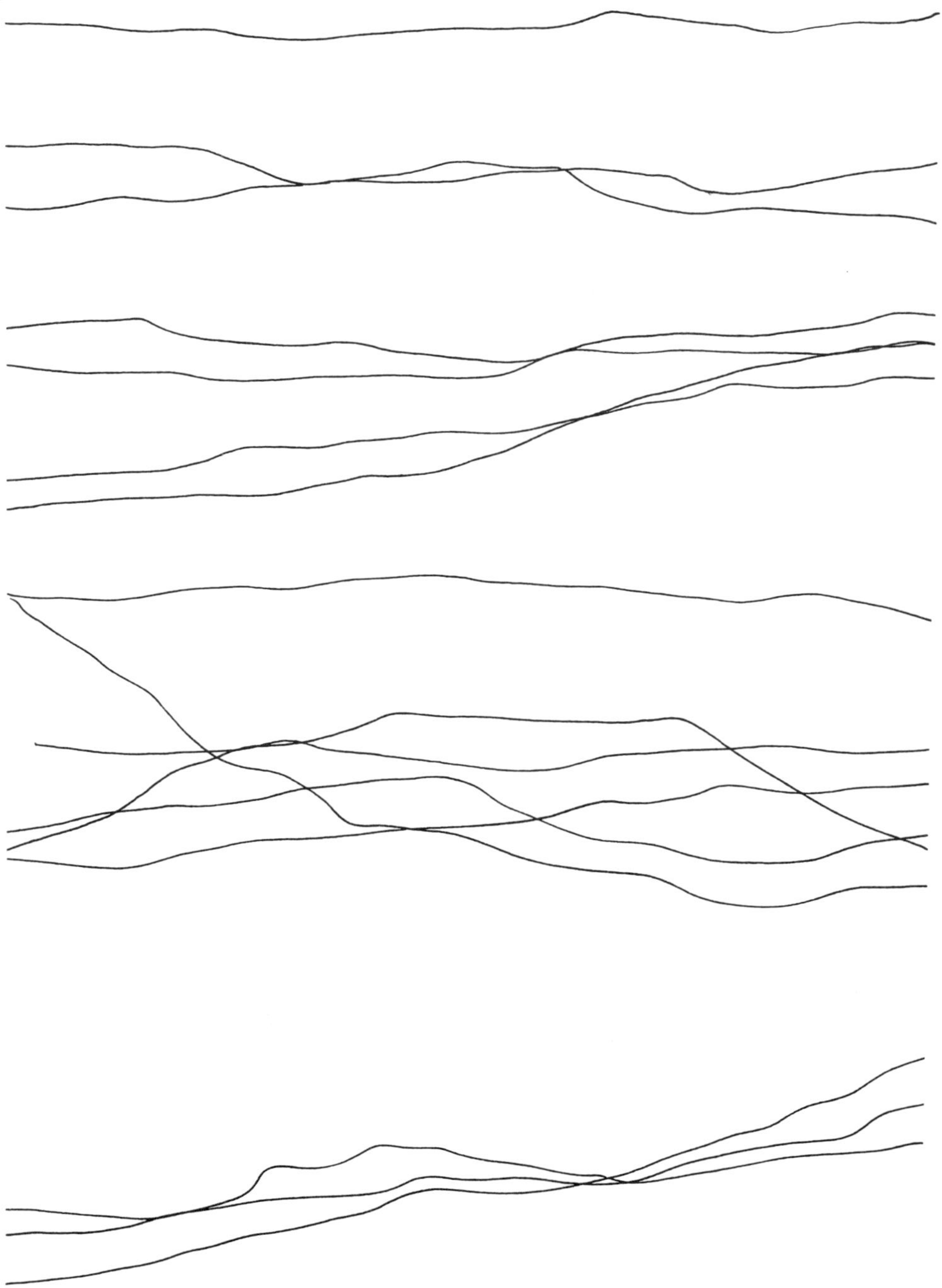

Schmetterling und Sturm

Sie war
ein Schmetterling
im Wind,
so wunderschön
und nicht zu fassen.
Sie lachte über Liebesschwüre.
Sie verzauberte
die Herren
im Dutzend.
Viele, die sich dann
erschossen!
Die anderen,
mit Glück entkommen,
nannten sie respektvoll nur
die „femme fatale“.

Er war
der Sturm
der Schmetterlinge,
kraftvoll, männlich,
nie rasiert.
Er lachte über Liebesschwüre.
Er zerbrach
die Damenherzen
im Dutzend.
Viele, die sich dann
ins Kloster steckten!
Die anderen,
mit Glück entkommen,
nannten ihn ganz einfach nur
ein „Riesenarschloch“.

Wenn die Glocken läuten ...
(Aktualisierte Definitionen)

„Verlobung“:
Verpflichtung durch ständiges Lob

„Ehevertrag“:
schriftliche Überprüfung der Eheverträglichkeit

„Hochzeit“:
Zeit vor dem Tief

„Trauzeugen“:
mutige Beobachter

„Brautvater“:
PR-Manager und Hauptsponsor der Veranstaltung

„Weiße Braut“:
Folge niedrigen Blutdrucks, stressbedingt

„ ... bis dass der Tod euch scheidet.“:
veraltete Schwurformel, moderner: „Bis bald!“

„Brautstrauß“:
erster Streit um nichts

„Hochzeitstafel“:
Beginn einer langjährigen Mastkur

„Morgengabe“:
letztes Dankeschön und erste Mahnung

„Ehegemahl“:
fremder Mann, der ab jetzt zu Hause ist und isst

„Schwiegermutter“:
Mutter aller Schwierigkeiten

„Seitensprung“:
Ergebnis der langjährigen Mastkur

„Ehe“:
Ent-scheidung

„Offene Ehe“:
Seitensprung mit dem eigenen Partner

„Eheberatung“:
Beratung, ehe man sich scheiden lässt

„Scheidung“:
Gegenteil von „Verlobung“ (siehe oben)

„Scheidungsrate“:
beliebtes Quiz im Bekanntenkreis der Eheleute

„Scheidungsanwalt“:
fremder Mann, der nach der Scheidung um fremdes Geld gut essen geht

Moral gestern, heute, übermorgen

Im Büro, im Park, im Zug,
überall regiert Betrug!
Alles sucht zum Zeitvertreib
nur des andren Unterleib.
Ist 's vollzogen, wird betrogen:
nächste Dame, nächster Herr.
Jemand bleibt zurück verbogen,
kann nicht fassen sein Malheur.
Kann nicht fassen seine Schmerzen,
klagt und heult und lamentiert
etwas von „gebroch'nem Herzen",
bis er wieder fündig wird.
Bunter Reigen, dreht sich weiter,
ob in Zug oder Büro,
einer traurig, zwei recht heiter,
irgendwer darüber froh.

Des Präsidenten Entgleisung

(Ein teils dramatisch-traumatisch-romantisches, teils poetisch-kritisches Trauerspiel in Balladenform, einem Prolog, einem kurzen Akt in sechs Strophen und einem überlangen Epilog in zwölf Strophen, geschrieben zur lehrreichen Erbauung des Lesers und zur Selbstbestätigung des Autors, mit einem offenen Ende versehen)

Prolog:

Das Spiel beginnt, die Erde dreht,
die Sonne scheint, die Korken knallen,
der Rubel rollt, der Wind verweht,
das Leben spielt, die Würfel fallen.

I. (und einziger) Akt (An einem lauschigen Weiher, der von Fichten umzingelt. Ein Jüngling und eine Maid lehnen versonnen an einer solchen. Allerlei Vöglein singen, zum Teil unangenehm laut. Der Knabe hebt an zu sprechen – und er tut es wirklich):

„Verkauf' mir deine Seele,
damit ich dein Teufel sein kann!
Nimm dir mein Geld und zähle,
und dann nimm mich zum Mann!"

„Dein Geld, das ist nicht, was ich will,
ich will auch ... Diamanten!
Oh sieh, den Teich, so tief und still ...
hast du denn reiche Tanten?"

„Der Tanten hab' ich drei an Zahl,
bettlägrig, siechend, krank.
Beende, Holde, meine Qual!
Komm, geh' mit mir zur Bank!"

„Halt ein, Geliebter, nicht so forsch!
Eh' ich mit dir das Lager teil',
besorg' mir schnurstracks einen Porsch(e)
und ein recht langes Perlenseil!"

„Für dich, mein Herzen, stürbe ich,
ich würd' dir alles schenken!
Den Porsche kaufe ich für mich,
doch du, du darfst ihn lenken!"

„So leb' denn wohl, du geiz'ger Knab',
der Freier seh' ich viele!"
(Er gibt nun nach, sie räumt schnell ab
und flieht per Schiff nach Chile.)

Epilog (wie angekündigt überlang):

Der Knabe weinte manche Stund'
in seiner Villa Hallen
und starrte auf des Teiches Grund,
doch ließ er sich nicht fallen.

Die Tanten jedoch sorgten sich
und mühten sich zu sterben,
was bald gelang. Er sprach dann: „Ich
freu' mich schon aufs Erben!"

Gesagt, getan! Die Zeit verstrich,
der Knabe ward zum Manne.
Er bildete und füllte sich,
war dick wie eine Wanne.

Politisch wurde er aktiv
zum Wohle seines Landes.
Nie saß ihm die Krawatte schief,
sein Lächeln, man verstand es –

und bald schon war er Präsident.
Man schickte ihn auf Reisen
und fütterte ihn permanent
mit Spesen und mit Speisen.

In Chile dann, da traf er *sie*
auf einem Staatsbankette.
Sie war dort Präsidentin. „Nie“,
so sprach er, „grüße ich die Fette!“

Beinahe wäre ein Konflikt
der Staaten draus entstanden.
Die beiden weigerten sich strikt
zu reden und sie wanden

sich stumm im Kameravisier,
dass die Reporter schwitzten.
Beleidigt keuchte wie ein Tier
die Dame, die sie stützten.

Erst als ein kluger Sekretär
ihr den Ferrari zeigte,
den man ihr schenkte (Staatssalär!),
genas sie und man geigte.

Man aß auch das Buffet vereint,
begann sogar zu scherzen.
Der Präsident war, wie es scheint,
geheilt von Herzensschmerzen.

Der Reime sind genug gebaut
zu schildern diese beiden.
Und eigentlich, genau beschaut,
mag ich sie nicht recht leiden.

So lassen wir sie hinter uns,
in ihrer Ämter Würden,
und laufen wir (du: Hinz, ich: Kunz)
über die eignen Hürden.

Offenes Ende
(Endlich!
Klatscht in die Hände,
aber laut und verständlich!)

Über den Autor

1964: Werner Vogel wird im Sanatorium „Goldenes Kreuz“ in Wien geboren. Er will aus bisher ungeklärter Ursache nicht zu atmen beginnen und wird von brutalen Ärzten mit Lachgas dazu gezwungen.

1964-1976: Schwere Kindheit. Vogel muss bereits als Fünfjähriger Gelegenheitsarbeiten verrichten, verdingt sich abwechselnd als Ritter, Cowboy oder einer der Beatles. Von „Raumschiff Enterprise“ inspiriert erfindet er das Internet, die Pläne dazu werden jedoch von seiner Volksschullehrerin verkannt und mit „Nicht genügend“ beurteilt. Vogel wird nachdrücklich angehalten, die Aufzeichnungen hundertmal abzuschreiben und sie anschließend wegzuwerfen. Enttäuscht vernichtet er daraufhin auch den Netzwerk-Prototyp aus Lego und wendet sich verbittert von allen Naturwissenschaften ab.

1977-1990: Erste Schreibversuche. Der Autor entflieht seinem tristen Umfeld und schließt sich einem Wanderzirkus an, er muss jedoch bald heimkehren, da er auf den Weißen Clown allergisch ist. Zur Strafe für diesen Fluchtversuch schicken seine strengen Eltern ihn ohne jede Gnade in die Tanzschule Elmayer. Nebenbei studiert Vogel nun Deutsche Philologie und Geschichte auf den überfüllten Stiegen vor den überfüllten Hörsälen der überfüllten Universität Wien. Bald schon ist er überfüllt von Wissen. Um zu überleben nimmt der Dichter eine Teilzeitarbeit an. Er entschließt sich schweren Herzens Tennis-Profi zu werden.

1991: Vogel wird für ein staatliches Literaturstipendium vorgeschlagen. Er lehnt dieses jedoch aus Protest gegen jegliche Förderung anderer Autoren ab. Der Kreis der Freunde und Bekannten lichtet sich.

1992-2000: Der Autor vereinsamt nun völlig. In seiner armseligen 385 Quadratmeter Eigentumswohnung arbeitet er verbissen an dem ersten großen Werk, dem Lyrikband „Erinnerungen an morgen". Er ernährt sich in diesen schlimmen Jahren nur noch von dem, was die täglichen Autogrammstunden abwerfen.

2001: Nach einem Blinddarm-Durchbruch folgt der literarische. Vogels Bestseller „Kampf um Bronchienstein" erscheint in der Edition Doppelpunkt. Die „Bronchimania" setzt sofort voll ein. Der Dichter muss vor seinen hysterischen Fans in eine Villa in Hollywood flüchten. Diese Erfahrung schmerzt. Erst in der beschaulichen Abgeschiedenheit der Filmmetropole kann er sich wieder ganz seiner Kunst widmen.

2001-2041: Weitere zwei Vierzeiler entstehen am Tennisplatz, einer davon wird beinahe als Werbespot verfilmt.

2042: Um dem ständigen Trubel um seine Person (Vogel spielt oft nachts Schlagzeug!) endgültig zu entgehen, begibt der Autor sich an einen Ort der Askese, der absoluten Verinnerlichung. Er wird ins Seniorenheim Simmering eingewiesen. Hollywood atmet auf.

2043: Im hohen Alter von 79 Jahren überwindet Werner Vogel willensstark seine einstige Schwäche. Im Rahmen der Anstaltsfaschingsfeier übernimmt er nach langem, durch Psychopharmaka unterstütztem Zureden die wichtige Rolle des Weißen Clowns. Er interpretiert diesen eigenwillig als zänkischen, missmutigen Schnösel.

2045: Am Stephanitag erkrankt der Dichter urplötzlich. Er klagt mürrisch über enormes Völlegefühl, obwohl er am Vorabend bloß ein wenig von der Weihnachtsbäckerei genascht habe. Mysteriös, denn kein Heiminsasse sonst weiß davon, dass überhaupt etwas gebacken worden wäre! Seine letzten, ergreifenden Worte lauten: „Und wehe, jemand trinkt aus meiner Sprite-Flasche!" Bei den Trauerfeierlichkeiten am Zentralfriedhof müssen die Hinterbliebenen mit Tränengas zum Weinen gebracht werden.

(So oder ganz anders.)

INHALT